AQUARIUS

AQUARIUS

AQUARIUS

AQUARIUS

每個人心中都有一座島嶼，

藉文字呼息而靜謐，

Island，我們心靈的岸。

不熄燈的房
徐嘉澤

【推薦總序】

新星圖，正要羅列

甘耀明（作家）

二十一世紀以來，以台灣現代文學為研究的論文增多了。在中小學，體制教本對本土作品的編列比例躍升，寒暑假又有各種文學營，作家能見度高。遑論從年頭到年底的數百個文學獎，醉心於此的人絕對口袋滿滿。這是本土文學輝煌年代，寫手與作家幸福的時刻？

事實並非如此。在某些文藝場合，作家與出版社編輯聚一起時，總會說出最殘酷、最不忍的例子。總歸一句，純文學市場不好搞，至於細節，各有苦水，各自發揮。這不是唱衰，對此劇變尤感深切的資深作家們，最能體會，隱地感嘆本土出版業越來越難走了，陳義芝直言「文學潰散」，愛亞感嘆她目前一本書的初版兩千冊賣不完。

這樣的訊息太多，也不知「黑暗期」有多長，絕非抱著哭一哭就天亮了。這主因大環境改變，影響了讀者閱讀習慣。在上個世紀的七、八〇年代，文學書市場和現在的出版爆炸比較，算是「鎖國」狀態，外國翻譯書不少，但本土書佔了地利，吃香的很多。而且，那時的讀者帶著「硬派」功夫，閱讀的耐受性強，對艱深、篇幅長的經典文學能花時間讀完。解嚴之後，台灣書肆如潰堤般湧入外國文學，九〇年代的電腦普及更影響讀者習慣，輕閱讀的時代來了，有了「網路文學」。網路文學比大眾文學輕薄，易消化，專攻青少年市場。閱讀發展至此，讀者的選擇太多了，嘴也很挑，不甜的水果不買，不會因掛上MIT就放入菜籃（網誌上常有人表態，不讀本土文學，一概讀國外作品；亦有人告誡，讀本土作品容易踩到「地雷書」），甚至轉頭就走。

套句狄更生《雙城記》裡膾炙人口的開場白：「這是一個最好的時代，也是一個最壞的時代。」事實上，台灣的閱讀市場依舊，如果查閱實體或網路書店的排行榜，不少的文學書上榜，而且年度排行榜不離小說類。當然，這些上榜的書籍十之八九以翻譯文學為主，本土書籍的光環只照在少數的暢銷書作家，本土文學孤單得像是空燒議題或無奈的安慰劑。然而，早在農漁特產品仍躲在保護政策下時，台灣閱讀市場已國際化，本土作者面對世界各地的秀異作品，是拓展自我視野的契機。往好處想，環境已成定局，如何整備態度與作品質量，才是我們未來的道路。

文學黃金年代的列車駛離了，新世代寫手才來到月台，火車還會來嗎？火車當然會來。文學可以靠一群作家創造時代的思維與流變，但寫作是個人的，強者能創造自己的列車，而不是搭便車。新人姿態萬千，活動力強，得給三本書或三年的成長期，好打造自己的火車頭。因此，期許成了面對他們的方法。然而，新人在哪？這是令人頭疼的問題。如果有人查閱「新世代作家群」圖像，每幾年被提出討論，發現他們像電子分裂，不確定、不穩定，隨時消失，留下來的又有多少？新人版圖，像是鬆動星圖，一閃而逝的流星居多，如何繼續寫下去，發光發熱，成為入此行最大考驗。

觀察這世代的作家，有兩項徵候，值得思索。

一、文學獎的迷思：這年代，新世代寫手要出頭，幾乎從文學獎搶灘，他們的第一本書是文學獎集結。台灣的文學獎越來越多，以高額獎金吸引人，本是好意，卻有不少寫手陷入追逐文學「獎」遊戲；亦有人整理出文學獎得獎公式，開班授課。文學獎應該檢討？沒錯。卻也冒出更多同質性的文學獎來攪和。參賽老手該自我約束？還是別跟獎金過不去。朱天心在評審某文學獎後語重心長的要一些常勝軍收斂，自省「初衷心」（朱天心之言也在網路引發了誰是「職業評審」的言論）。不可否認，該鼓勵新人投文學獎，淬鍊文筆，更該提醒他們及早爬出醬缸文化，免得自溺。得文學獎，誰多誰少、誰得大獎，不代表出身名校，誰還再執迷得下去才是問題。新世代作家們更有活力改變文學，但是，通過文學獎傳統機制窄門，易向既定價值靠攏，作品難免拘謹，甚至長成固定模子的扁平美貌。要像成英姝、陳雪這樣大膽野性，不通過文學獎的難見到。

二、生活經驗扁平：台灣幅員小，城鄉差距更小，大家生活經驗差不多。新世代寫手的學歷以大學居多，不少是碩、博士（這也是不少老手得寄生文學獎的主因），這些人因就學或工作，生活圈最後以大都市為主，生活經驗容易貧血與貶值，寫作不再倚重經歷，從圖書、新聞與古狗（google）轉化而來，像是「坐在咖啡館的夢想家」。這種寫法沒錯，資深作家也是如此。然而，老作家有時代轉折的資產經歷，相較之下，新人只好拿筆拜古狗大神。新世代寫手群的經驗與思維類同，如何消化醞釀題材，需要視野。況且，世代如此，已是普遍性，無須責難，唯有強者能趁勢而起，創造風格，擺脫不痛不癢的內容。這是新人的最大考驗。

寶瓶出版社推出「六人行」，這六顆新星是彭心楺、徐嘉澤、郭正偉、吳柳蓓、神小風、朱宥勳。他們有的六年級，有的七年級，橫跨年齡層十餘年。這六本作品，主要是小說，無論取材與語言，潛藏一股能量。假以時日，他們有可能羅列在文學星群，後續發展，令人期待。

這幾年來，散文與小說在類別混血外，也走到專業主題的書寫，比如旅行散文、飲食散文、同志小說等，經由專業知識、分眾經歷的包裝書寫，將作品導入個人風格，彭心楺（一九七四—）的《緩慢行進中的屍體》走這一脈路徑，她有十餘年的護士資歷，在醫院看盡生離死別，將故事編織成書。毫無疑問，《緩慢行進中的屍體》對護理工作的描摹詳盡、鉅細靡遺，宛如護理指南，對讀者來說這成為閱讀的另一種興味。

《緩慢行進中的屍體》的節奏，採緩調的女音進行曲，嬰屍、難產、醫療疏失、藥物濫用、器官移植、植物人，每個題材背後傳遞的驚嚇指數，像是艾倫坡的驚悚小說，一再挑戰感官，緊繃閱讀神經。比如〈嬰兒廢棄物〉中的護士竊取嬰屍，帶「它」逃離醫院，卻發現無處可逃〉。比如〈人體產房〉中在雪地中難產的護士，荒謬的由牙醫以牙醫器材接生。比如〈忘了停頓的病房〉中一場錯誤又殘酷的貧戶截肢。或者，〈緩慢行進中的屍體〉運送大體回家。彭心楺的「護理小說」以寫實主義的筆法經營，文章結尾又接近「自然主義」，以中立旁觀的態度處理角色，甚至戛然而止，無須太多交代，總有股冷酷、無奈與寒涼的人生況味，更接近醫院前線的醫療景觀。這樣的風格在新人中具有識別度，也讓彭心楺成功跨出第一步。

徐嘉澤（一九七七—）在新人行列中，敢拚敢寫，出道至今，出書的質量均豐，小說散文皆行，書寫範圍涵蓋同志情慾、都市文化、家庭親情、童年懷鄉，是題材與類型通殺的人，後續發展看漲。《不熄燈的房》是精采的短篇小說集，徐嘉澤將以往駕馭小說的功夫與融會題材之法，再次鏗鏘出擊，技法不青澀。「鰥寡孤獨廢疾者」向來是作家最關注的人物。徐嘉澤不吝暴露企圖，以「廢疾書寫」的美學貫穿此書，融入自閉症、癌症、聽障、視障等題材，角色不外乎心靈版圖殘缺、肢體障礙到癌魔腐蝕，甚至被邊緣化的畸零人。

正因如此，《不熄燈的房》的書寫策略並不是戲劇性的廢疾驟降，而是人在殘疾之後的處世態度，如何融入家庭、人群或愛情的掙扎，沒有大幅度劇情，以心境轉折為主，向內的、定靜的、凝視生命態度的方式進行。這種「文火式」書寫，迥異於大火熱油快炒，沒有難倒徐嘉澤，反而成功展現火候。另外，廢疾書寫也正扣緊近幾年來流行的「敘事治療」風，將創傷外化，寫作者獲得新力量。在《不熄燈的房》中，〈三人餐桌〉、〈咧嘴〉、〈不熄燈的房〉在題材與手法上互為翻版，從口腔癌手術後下頦廢缺，到狗嘴遭鞭炮炸開後的顏殘，充滿情感的不忍與淡淡哀愁，透出徐嘉澤的書寫意念。然而，廢疾者逆境圖存，人是渺小，卻被現實逼得偉大，歷經掙扎與磨難，能否到達幸福的彼岸？書以《不熄燈的房》為名，隱藏了親情的觀照與微燈守護，這是最好的寓意。

小說承載議題的容積率較大，作者能在裡頭暴露個人隱私，無須在現實面善後。當然，這不足以說明新世代為何以小說為秀場，主因是讀者取向。我就聽過這樣說法，某出版人將散文集看作票房毒藥，現代詩尤烈。寶瓶出版社這次推出的六位新人中，唯獨郭正偉（一九七八—）以散文走秀，彷彿是硬派招式的拳腳功夫場子，他打緩慢的太極氣功。

郭正偉右臉「先天性顏面神經末梢痲痺」，從小自卑，學會定靜內觀。作為都市漫遊者的觀察身分，《可是美麗的人（都）死掉了》寫他自小的挫敗經驗，到入社會心境，主題有網路、吉他音樂、疾病、同志情慾與男體冒險。郭正偉作為社會性格的文藝青年，理想尚未成灰燼，也不知道下一場盛燃的柴薪在哪，文中瀰漫不確定感。《可是美麗的人（都）死掉了》是真誠的生活紀錄，動人之處在此，郭正偉大量暴露自身的「醜」與「怪」。以醜為美，以美為醜，是這世紀的審美標準，那種老是自陳情感、身體或道德完美的散文（尤其是高度讀者取向的），顯得刻意，也不真實。沒人是完整，殘病才是常態。誠懇（甚至大膽）呈現疾殘、情慾流動、膽怯害怕，成了另一種美學。《可是美麗的人（都）死掉了》走的就是這派路數，可貴的是，郭正偉不渲染自己，也不污化自己，更無須宗教式懺悔，有幾分，就說幾分，使得此書的出版更顯珍貴，有意義。

這幾年來，在電影、文學與社會文化議題上，常討論外籍配偶在台灣生活的面向。這些東南亞新移民，經過社會幾年來認同，不再被標籤化，不再是電桿上張貼的買賣廣告，她們是「新台灣之子」的母親。當然，或許是我們塗抹問題而已，這些外籍配偶的困境仍被壓抑在社會底層，吳柳蓓（一九七八—）便將這類怪現狀擺放在《移動的裙襬》。書中處處可見，青春豐美的外傭與外配，填補了「婆娑之洋、美麗之島」男性們的慾望缺口，成了機械子宮、活體充氣娃娃、人蛇集團賣淫的搖錢樹、殘缺男子的傭人。

然而，令人訝異的是，《移動的裙襬》並沒有因為處理相關議題而沉重，成了這類的主題書寫中，最生動有趣的小說。多虧吳柳蓓的語言活潑有特色、節奏明快，很會說故事，這是闖蕩江湖的最棒輕功了，令人羨慕的才女。《移動的裙襬》有幾篇幽默生動，不拖泥帶水，讀來大快人心，在台灣文壇，這種寫法向來甚少由女性出招，引人矚目，如〈吃李嬤的豆腐〉、〈印姬花嫁〉、〈魔法羊蹄甲〉、〈菲常女〉、〈傻瓜基金會〉等，讓沉痛的社會議題有了輕盈浮力，風格幽默、俏皮，卻不輕浮，甚至看得出來，外籍與外配的生命力強悍，不再是弱勢，穿透台灣法律與道德的鐵強，經過多年的歷練與轉變，她們從羞澀新娘，成了掌權的老娘，蔚為奇觀。

好了，「七年級」的神小風（一九八四—）上場了。《少女核》以重量級的少女漫畫之姿降臨，給人另類的閱讀感。神小風向來以長篇小說出招，有意跳脫台灣文學獎以短篇小說為科舉競技，同時展演她對同世代文化的細膩觀察。《少女核》印證新世代的次文化，上網打怪、留連網路、手機重症，對流行文化高度敏感，卻對現事的世界焦慮徬徨，無法與父母應對，只能以謊言敷衍。這令人想起東洋味的「蘿莉泰」。「蘿莉泰」原本從納博可夫的名著《蘿莉泰》（Lolita）而來，是十二歲少女之名，經過日文流行文化浸潤，成了某種特定少女族群的代名詞。這群少女面貌青澀、裝扮可愛、衣著如漫畫的少女，甚至指拒絕跨越到成年者。日本味「蘿莉泰」成了青春期無限延伸者的代名詞，《少女核》就有幾分這種「不願長大成人」的味道。

《少女核》開始，張舒婷與張舒涵這對姐妹逃家後，敘事不斷插敘，將記憶拉回更年少時，這種拖著青春期尾巴不願割捨的「蘿莉泰」姐妹，在原生家庭是敵對關係，沉溺於網路聊天室，最後受引誘而離家。其中，張舒婷的愛情隨之而來，性愛也輕浮，屬於強烈肉慾的。至於妹妹張舒涵，則是精神的，內觀的人生。姐妹互為表裡，性格互補，也互相凌遲，這種設計目的，小說最後揭露的謎底像是電影《鬥陣俱樂部》的女聲翻版，一人分飾兩角。《少女核》虛虛實實，暗喻指涉，看得出神小風不甘將此流於故事表層，使得《少女核》內在結構多了些有趣的翻轉與意義，有待讀者深究。

「六人行」最後的壓隊人物，是二十出頭的朱宥勳（一九八八—）。他出道早，高中時以〈晚安，兒子〉拿下台積電文學獎首獎，卻因為該篇曾在網誌發表，違反徵文規定，資格遭取消。此案例成了文學獎投稿禁忌的活教材。事後，朱宥勳哂然以對，筆耕不輟，終於在四年後的今天交出處女作《誤遞》，算是扳回一城。《誤遞》依取材可歸納成兩類：愛情與親情。這樣的分法，頗符合朱宥勳自己對此書下的註腳：「有的時候他會悲傷，有時候不知道怎麼面對情人，更多時候和家人隔著冰峽遙遙相望。」愛情與親情是他目前生活焦點。也誠如他所言，《誤遞》有股淡淡哀愁，偶來的「悲傷」，或一瞬間不尋常的傷感。

親情與愛情常常是新人下筆之處，難免出現老梗，但是朱宥勳寫來不落俗套。愛情類的〈倒數零點四三二秒〉、〈白蟻〉、〈煙火〉等，朱宥勳用棒球運動、人類學作為寓意象徵，明陳生命的虛無，藉此形塑愛情觀。在親情類的〈壁痂〉、〈末班〉、〈墨色格子〉等，也用類似技法，手法巧妙。這反映了朱宥勳在寫作之途，越來越懂得現代主義文學的功夫，這與他在高中時期寫的樸實風格的〈竹雞〉，截然不同。現代主義文學在台灣是重要的脈絡，成就不少作家，如白先勇、張大春、駱以軍等人。朱宥勳的這種風格，隱約有了接承姿態，再加上《誤遞》瀰漫老靈魂的陳述味道，使他在新世代中闖出一條自己發聲的獨特風格，特別顯眼。

以上這六位文學新人，一起出陣，隊伍壯觀，星光懾人。我想，給新人肯定之餘，也給寶瓶出版社更多掌聲。在今日多數出版社視新人出版為寒冬顧忌的年代，寶瓶出版社讓新人擁有麥克風與舞台，是多麼溫暖之事。

目錄

9 【推薦總序】新星圖，正要羅列／甘耀明
21 三人餐桌
31 有光
47 小小
69 孤島化鳥
83 有聲
95 甜甜圈
115 夜裡，城市的聲音
141 有風
151 咧嘴
165 阿才收鬼
181 有海
191 不熄燈的房

三人餐桌

他父親將臉上的口罩拿了下來，拿了碗替自己盛了碗魚湯，想到自己遲早會變成市場中的那條魚，只能在賣台上將嘴一張一合地，直到被挑選上的那一天，才能真正的得到休息。

悶熱的廚房內一個圓凸著肚子、偌大身軀的男人，站在大炒鍋前，額頭微涔著汗。桌上擺著剛上桌的鹹蛋苦瓜、薑絲炒大腸、糖醋排骨，男人從鹽罐中舀了些許鹽，又添了醬油，輕快流利的用鍋鏟翻攪鍋內的雞肉，最後快速的撒上蔥花和辣椒調色，將一盤冒著熱氣的宮保雞丁往桌上一擱。他朝樓梯間大聲地吆喝著：「下來吃晚餐了，阿和。」

隔著一扇拉門外，男人的老婆在外頭幫客人理髮，食物香味像拉長的手臂極力的往外延伸，一攫住人，便順著鼻子爬伸進去。女人的胃順著氣味翻攪著，「肚子餓了呢！」她心裡思忖著，瞥向椅子上另一個客人，「再忍耐一會就能吃飯了。」

樓上跑下一個二十來歲的青年，下了樓，先開拉門朝外看了一眼，母親繼續剪著頭髮，電風扇嗡嗡作響，電視傳出人聲，客人專注的看著鏡子，另一個坐在椅子上，呼吸配合著電扇的聲音一吸一吐著沈重的氣息。青年關上拉門進到廚房，桌上擺著熱騰騰冒著煙的菜餚。

父親要他嚐嚐：「味道如何？會不會不夠味？現在味道都嚐不出來，只能憑感覺加。」

青年嚐了一口鹹蛋苦瓜說著：「味道很好啊！」

「不會太鹹嗎？」父親擔心地追問著，邊用手將臉上的汗拭去。

「不會啊！剛好。」青年從冰箱倒了些冰水去暑，廚房內的熱氣不斷圍繞著，就像嘴裡的味道，有點濃得散不開，一直到他喝了水才覺得輕鬆，「爸，要不要喝一點？」

父親搖了搖頭，青年夾了另一道菜吃著。

那父親像是想到什麼，從位置上站了起來，今早他才去市場挑了條新鮮的魚。許多魚陳列在台子上，新鮮的鰓一張一合地，魚鱗散發著銀亮的片面。他抓起一條魚，那魚激烈地擺動尾鰭掙扎，魚商說著：「頭家你很識貨呢！這條魚很新鮮，今早才捕起來的。」

他定定地抓起那魚，要老闆幫忙去掉魚鱗和內臟，老闆用刮板快速來回在肥碩的魚身刮下鱗片，接著用魚刀從腹部一刀，掏出內臟，用身旁的水隨意沖了一下，便交到那父親手上。

父親燒了一鍋開水，從流理台取出砧板，把冰箱的魚安放在上頭，將魚快速的切成幾塊，放進薑絲、撒了些鹽和味素，將魚丟入。青年離開座位，走近拉門拉開朝外瞧了一眼，原本坐在小板凳上的客人已經坐在理髮椅上。

那母親看了他一眼說著：「你和你爸先吃。」此刻的她肚子像在湯裡沸騰的魚一般，咕咕作響著，她嚥了口水，繼續專注地剪著客人的頭髮。那青年拉上拉門前，外頭又走進另一個客人，坐著原先那小板凳上空下來的位置。

青年回到廚房說著：「還有客人，爸一起先吃啦！」

父親看著沸騰中的魚湯，醫生囑咐他不能吃太鹹、太辣、有刺激性的東西，不能抽菸喝酒嚼檳榔，不能熬夜太疲累……不能，他記不太得了，現在能做的除了喝普通的白開水之外大概就是等死，他不知道自己還能做什麼。

他將做好的湯端上飯桌。

「現在吃什麼都沒味道了，吃這些做什麼？」父親說著，不自覺的將桌上的菸點著，深吸了一口又將菸置在菸灰缸中。

廚房內的熱氣悶在裡頭散不去，青年不知該怎麼回應，生硬地回著：「爸，不然喝點綠茶好了，可以抗癌。」他起身要去拿茶包，父親說著：「你吃飯就好了，我自己來。」

青年看著眼前的父親，整個下頦經過一次手術被割除，現在是用人工的下巴，整個口腔內側原本都包覆著癌細胞，曾經存在的部位如今已不再存在，或許說被其他存在的物體所取代。癌細胞四處逃竄，動過手術之後，醫生仍無情的宣布癌細胞擴散到淋巴腺。父親的人工下頦外頭用從大腿割除下來的皮膚包覆著，臉上兩層差異性的顏色，他將口罩戴了起來，僅露出眼。那父親回憶著那口中的味蕾，鼻息間聞進的味道，他被割除的半截舌頭，彷彿觸動到那不存在的物體，已消失的口腔似乎分泌出口水，他吞嚥了口水，但喉間卻感到刺痛，那場關於美食的夢境消失了。

桌上的食物閃著油光，青年細心吃著，卻不時注意著父親的舉動以及從拉門小縫間瞥向外頭的母親，剪髮椅被橫放下來，母親正在幫客人剃鬍漬。他看見母親開著一盞燈，白盞的燈將光全照在客人臉上，他母親專注的抹上一層薄薄的刮鬍膏。

「還不來吃，飯菜都要涼了。」父親探頭朝外看了一眼，音量大小恰巧的落入到青年及母親耳中。

「爸，你也先吃一點。」

父親喝了口自己泡好的綠茶，他想起自己早已消失的下排牙齒，連咬碎食物都成了一件艱難的事情，他從冰箱內拿出豆花囫圇地吞著，邊對那青年說著：「我不餓，你先吃，等你媽忙完我再和她一起吃就好了。」

那母親用刮鬍刀順著客人臉的弧度輕輕帶過，那刮鬍膏被堆擠到一側，鬍渣黏落在刀片上，待刮完後，又敷上一層熱毛巾。另一個新進來的客人不安地看著牆上的鐘，那母親朝小板凳處說著：「歹勢啦！人客，緊輪到你了，擱等一下嘿！」她順著客人的眼光望了牆上的鐘，已經八點多，她覺得自己的胃變得空盪盪的，但又像有無數的小針刺向自己的胃底。做這行業好像早就習慣這樣的生活，有客人在時沒有辦法走開，只能一個接一個的剪，她在心裡安慰著自己：「再一下子，再一下子就好了。」而從胃裡發出的迴響已經被電視聲所掩蓋住。

青年仍舊以極慢的速度夾菜配飯，然後再喝口冰水，從父親動過手術後，他的父親顯得不太完整，口腔內壁、舌頭前半截、下巴和原本的父親不同，然而實際上不同的不僅是外觀，而是內在。青年覺得他生命中熟悉的父親不斷以口罩阻絕任何的關心，父親拒絕做進一步的溝通，唯一和家人相處的時間便是在餐桌上，一如沒生病前般，盡責的在廚房弄出一頓吃的，好讓一家人圍在同一飯桌上吃飯。

飯桌上的菜餚味道變得有點混濁，和記憶中的味道不甚相同，有時過鹹、有時太甜，不過料理的方式和之前都是相同，外表看似相同的菜餚味道卻嚐起來不一，那青年和母親在飯桌前總盡力維持著和之前相同的氣氛，父親會像飯館中初做菜餚的學徒般擔心地問著：「味道還好吧？」接著像住在頹圮巷弄中而自怨自艾的老人般說著：「現在任何味道我都吃不出來了。」然後氣氛凝結在那，那母親和青年只能回應著：「和之前味道都一樣很好吃。」

那父親坐在一旁看著自己的兒子用餐，他試著想像某道菜餚應該是怎樣的味道，好比那道鹹蛋苦瓜，料理前要先將苦瓜切片，鍋子內燜點水然後將切片苦瓜放入燜個十來分鐘，等到苦瓜變得熟軟才將鹹蛋切碎放入，那蛋黃在鍋裡蔓延開來將苦瓜包覆著，那時夾進嘴裡的味道會是鹹味中帶著苦味，以及蛋黃黏稠的口感帶著苦瓜的清新脆度，那父親不自覺的將上下顎咀嚼，但霎時發現口中有的只是汩流出來的口水。

他又喝了口杯中的綠茶，記憶中的綠茶應該帶著點清香和苦澀味，但如今喝進去的和一般的開水差不多。那些食物明明可以經由大腦指認出來，那是鹹蛋苦瓜、那是薑絲炒大腸、那是糖醋排骨、那是宮保雞丁，但味覺的記憶卻彷彿憑空的消逝掉。況且只要稍微有刺激性的東西入口，兩旁未被消除的口腔內壁會覺得刺痛，而吞嚥時咽喉也有灼熱感，醫生告訴他，由於太晚治療整個癌細胞早已經擴散開來，要他做好心理準備。

青年想著四年前，在相同的廚房內，父親抱怨著當吃到些許辣椒、胡椒、薑片或蒜頭時，口中會有辛辣感，像是成群的小螞蟻在叮咬著口腔一樣，父親說著可能早期檳榔當成點心吃，裡頭的口腔黏膜都被石灰給破壞掉。青年囑咐著四年前的父親說著：「爸，要去給醫生檢查啦！」只是時間的流逝比人們所感受到的要快，四年後那或許開始令人不以為意的小傷口，已經經過癌細胞的累積增築而隨著淋巴管四處擴散。

四年後的現在，青年不知該說些什麼，看著眼前的父親，他懊悔著四年前應該堅決的帶父親去就醫，或許就不會造成現在這局面，他將空掉的碗小心的盛了碗魚湯。

外頭工作的母親盯著牆壁上的鐘，已經八點半，眼前的客人頭髮也洗好正在吹乾，轟隆隆的聲音，她似乎想到什麼走到店門口，將鐵捲門放了下來，才又繼續替客人吹著頭髮。翻攪的胃讓她只能大口大口的吞著口水，原本飢餓的腸胃似乎像在抗議反撲，有如一隻手緊緊將她腸胃一把揪住，口中忍不住的發出一聲痛息。一直到幫客人抹上髮雕，收下客人錢，將客人送走，關上那扇門，她終於覺得鬆了口氣。一地板的頭髮散落在那，一桌子的工具也未整理，她沒有心思理會，拉開拉門，廚房的熱氣一股襲來讓她差點站不住腳。她瞥向坐在餐桌前的兩人，一個靜默地喝著湯，一個不發一語的點著菸，看著煙彌漫在這小小的四方空間中。她抱怨了一句：「都病成這樣了，還抽什麼菸。」其實她自己也知道，從那男人動過手術後，已經不抽菸，頂多吸了一口就把菸放在菸灰缸內成癮地聞，並像欣賞一件藝術品般地看著。

「工作到那麼晚，一家人要在一起吃飯的時間都沒有。」父親嘴裡抱怨著，卻站起身來替那母親添了一碗飯。

「我不工作，我們一家人早就先餓死了，還能坐在一起吃飯啊。」母親將多年的積怨如同往常般的敘述，這故事在這家中已經被說上不下數百、數千次。

青年將手上的碗往桌上用力一震，說著：「你們是要吵架還是要吃飯啊，要吵架你們吵就好了，飯我就不吃了。」他看了手上的錶，這頓飯他也吃得夠久了。

然後一家人的動作像是停格的戲碼，下一瞬間，母親說著：「吃，吃！」才又恢復動作，母親夾了桌上的菜大口的塞進嘴裡，過鹹的味道不斷在嘴裡散開，「加了幾匙鹽巴啊？」她在心裡抱怨著，又扒了好幾口白飯進去，氣定神閒地說著：「天氣很熱，我喝杯冰茶。」

父親緊張地問：「味道如何？」

母親說著：「都一樣，當初會嫁給你就是你很會煮菜，幸好現在還是一樣會煮……」

青年笑著站起身來替母親倒了杯冰茶。青年和母親都知道這樣的戲碼再演也演不了多久，他父親將臉上的口罩拿了下來，拿了碗替自己盛了碗魚湯，想到自己遲早會變成市場中的那條魚，只能在賣台上將嘴一張一合地，直到被挑選上的那一天，才能真正的得到休息。

——二十八屆時報文學獎短篇小說首獎

有光

我想著，坑道裡的魚會不會認為水面上有另個世界，一個上下對應的空間，只有當牠們跳出水面的一刻，才發覺原來一切都是幻術，所有都是騙局。

※

母親在時我們曾經坐過船，似乎烏來還是哪裡，印象不怎麼清楚，只記得母親穿著平常不穿的洋裝，我被安穩置在小船上，陌生男子使勁出力的划，似乎討母親開心。母親撐傘讓我靠在她身旁，柔軟舒適。男人邊笑邊划船，表情倒有點怪，和我說話像演默劇，只有嘴型沒有音量，大概以為我耳朵有障礙就代表聽不到。母親的手輕輕按捺著我的肩膀彷彿提醒我要有禮貌，我就虛應笑著學他模樣，只有嘴型像花，靜悄悄綻放在夏日午後。湖很大，我們卻在小小的幾個點裡空轉，繞來繞去。

而時間洪流的某個點，我和爺和父親被擱置在岸邊，母親隨那名陌生男子就這樣駛著船離去。沒有人跟我說到底發生什麼事，雖然我隱約知道發生了什麼，但什麼也不敢說、什麼也不敢問，只有任那些疑問在我心底生根發芽，萌發成巨大陰影的樹將自己籠罩。

那是好久以前的事了。

※

「金門好玩嗎？」我在MSN上丟訊息問J。

「嗯！滿有特色的，你去一次就知道了！」

「會很貴嗎？」

「你上旅遊網站看，應該有五千元以內的飛機加飯店行程。」

「那還好，有什麼推薦的嗎？」

「太陽很大去外面可能會把你熱死，去翟山坑道吧，是我這次行程裡最舒服的地方。」

「喔！那還有什麼嗎？」

「你可以上網查一下資料，對不起先洗澡去了！^^」

被J發「洗澡卡」了，從我對J告白之後兩人處在尷尬狀態中。

「我沙沙把你當沙沙沙好朋沙沙沙。」

「沒關係！」我的腦子全被沙沙給堵住，我最後是不是完整說出這句話來也不確定。

※

他們在我面前比手畫腳，我大概猜出要跟我說些什麼，從他們誇張的嘴型和戲劇化的手勢裡已經可以讀得出來。很多時刻，世界並不是像默劇一樣純粹只有動作，而是如壞掉的電視總發出沙沙聲，這種聲音很刺耳，尤其戴上助聽器時更是如此。

「翟沙坑道再往前沙右轉直沙沙就到沙。」

每每這個時候總讓我想到小時面對電視節目結束，螢幕出現謝謝您的收看之後便逕自跳到一個圓形符號，中間標示著時間，而電視畫面裡有線條不斷像洗刷一樣一次又一次刷過，而沙沙聲音卻始終縈繞不去。

旅遊書上寫著翟山坑道值得一遊，J也這麼說過，雖然她總是敷衍我居多。

翟山坑道外雖然停著遊覽車卻沒看到什麼人，零星的散落著，提供免費租借的腳踏車也乏人問津，默默在太陽底下發亮，一台又一台的腳踏車忍耐著烈日靜靜並排著。真的如J所說，在台灣本島還感受不到，來到金門卻覺得太陽烈得可以把人蒸融。

坑道口聚集著一些遊客，大概集合時間未到，上了年紀的人在「毋忘在莒七大精神」的銅牌前輪序照相，像秩序良好的孩子，一個接一個。一名中年男子笑容可掬的對我說了幾句話，從他的動作和沒說完的嘴型可以知道他要我幫他們拍大合照。

「笑一個！」我竭力隱藏自己的缺陷，試著把嘴型擺在適度的角度、舌頭放在正確的位置，嘴型誇張像演員，婦人和中年男子們笑著，喀嚓一聲，就是永恆了。

坑道裡一直有涼風襲來，坑道裡有水，走道像合抱的手臂一樣，我順著有光的地方走，裡頭還有三三兩兩的遊客走著，他們的聲音混雜著我聽不出來的聲音，似乎是風擠過壁洞而發出的嘯聲。山壁被安裝幾個昏黃小燈引導著路，那些人從光的方向走來，像是剪影一個一個被剪出形體，一家人的形狀因此而生。

一家人的形狀會是什麼形狀？

※

母親在時，一家人理所當然就是圍著一張大圓桌，我坐在母親和父親中間，而爺的身旁也是母親和父親，吃飯時爺的嘴總是沒停過，一口的白米飯總噴得黑木飯桌特別明顯，母親低著頭父親像沒自己的事，他們的嘴型過快我沒有辦法輕易分辨，總是漏失掉許多訊息。

不過可以知道又是為了錢的事吵。

母親總背著爺和父親帶我去上語言治療，我的聽力是沒辦法好了，為了矯正我的發音能和正常人一樣能說出輕重音，母親先是花光了自己的嫁妝後是借光了姊妹們的零用金，那個年代學什麼都貴，更何況是這種新興玩意。

幾個陽光午後母親拉著我的手到有冷氣的教室，穿著白衣像醫生的教師準備了幾樣東西教我正確發音，要我記住發音位置「ㄚㄧㄨㄟㄛ」「ㄅㄅㄆㄆㄇㄇㄈㄈ」「AAapple、BBbook、CCcat」「得意，你很得意」「天氣，天氣晴朗」，我彷彿困在舌根齒唇之間，張大嘴只為了一次次完美的演出，好讓母親不要失望。

爺和父親要母親放棄，再生一個弟弟或妹妹，母親沒說話，上下唇卻緊咬著似乎有話。

晚上母親抱著我睡時，邊哼著歌突然想到什麼的問著：「小朝沙沙想要沙一個沙弟弟或沙妹沙沙嗎？」

「小、朝、想、要、一、個、弟、弟、或、妹、妹。」我張大嘴彷彿那堂語言治療課程還沒結束，我重複著母親的字句，少了疑問語調而成了肯定句。

但是一兩年過去母親的肚子沒有隆起，父親和母親、爺和母親的關係似乎越來越僵，爺的嘴巴還是沒有停過，母親依舊低頭，而父親仍然不關他事模樣。

※

認識J在一個特殊場合，學校老師說有些大學生要來帶我們做活動，關於大學生、關於帶活動，一年總有幾次這樣的情形，同學手語搭配口語說著：「又來了，很無聊。」「不會啊上次的活動很好玩！」「反正陪他們玩玩就好了做啥認真？」「所以是慈惠社、康輔社還是手語社？」

答案揭曉是手語社。

J和幾個社員前來，她們和之前的幾個社團成員沒有什麼不同，表演了一個很爛的手語話劇還有手語歌曲，我們陪那些人做做樣子順便玩了幾個無聊大地遊戲。J和我們交換MSN、E-mail、電話說有空可以丟丟訊息、寫寫信、傳傳簡訊聯絡感情。

這樣的故事像是陷入某種輪迴情境的夢一般，每每固定時間總要來一批人關心我們然後離開，那些聯絡方式最後都會變成多餘的垃圾，我知道很多同學在那些人離開，轉手就會把資料丟掉。J的資料我留了下來，我和她密切聯絡，J和我出去過幾次，我以為那就是約會就是姊弟戀，J發覺情況不對，在我跟她告白時說了：「我沙沙把你當沙沙好朋沙沙沙沙。」

「沒關係！」我不確定是對她還是對自己。

失戀成了另一份養分不斷餵養我心裡那棵陰影的樹。

※

或許父親心裡也籠罩著這樣一棵樹。

父親只躲在樹的陰影底下不肯走出來，假裝一切沒發生，假裝兒子沒聽覺障礙、假裝妻子沒離家，假裝生活一切如昔，他只是暫時一人分飾兩角，需要在外賺錢養家也需要兼顧內務。

正如坑道給我的感覺，穩穩的水平面沒什麼波瀾，靜靜的風吹過坑道，陽光斜斜的從外頭穿刺進來，水像鏡子把坑道分割成看下去兩塊卻又實則一體。我低頭看著坑道水裡有魚，水底下的魚讓我產生錯覺以為魚是騰空於坑道之中，像個魔幻時刻，我處在奇妙情境裡。

而家裡的魔幻時刻是大家知道少了一個角色，我們卻假裝她從來不曾離開或是存在，我們吃飯睡覺電視說話廁所，家裡少了個人卻沒有人再去提及這事，似乎她只是出去走走，晚一點就會回來。

只有爺的嘴沒停過，不知道那些話是說給誰聽。

我想著，坑道裡的魚會不會認為水面上有另個世界，一個上下對應的空間，只有當牠們跳出水面的一刻，才發覺原來一切都是幻術，所有都是騙局。陽光似乎被遠方的雲給遮掩，洞穴裡的光少了許多，坑道一瞬間暗了下來，順著橘黃的燈光我走出甬道另一頭出口有光的地方。

從坑道騎回住宿的地方，雖然烏雲變多風也強勁，卻還是覺得悶熱，像一股氣流旋在心裡，民宿前年輕老闆見我回來，生疏打了招呼，簡單問過我去了哪裡，很多時刻我並不渴望用語言和人溝通，總是有許多誤差或是對方不理解的時刻，需要自己一次又一次的奮力解釋或緩慢敘述，這些過程總讓我厭煩，似乎要把人生重複好幾次才得以完美。

「翟、山、坑、道！」我說。

「晚沙點沙沙有沙沙沙行沙嗎沙？我帶沙你去沙沙沙祕密基地沙沙……」年輕老闆的

聲音溫柔暖和。

我說好，年輕老闆說我什麼時候下來都可以出發。

回到房間，中國風味，民宿位在聚落的一間閩式建築裡，網路上的介紹說民宿的設計都是年輕老闆的意見，網頁上頭清楚寫著年輕老闆的抱負，關於抱負這件事情很值得人欽佩。我沒什麼抱負，就算在市政府裡頭工作，但約聘性質打打字的工作讓我覺得自己只是被政府給照顧，抱負那種東西很虛幻不知道在哪。

床上很軟，拔下助聽器，世界又安靜許多，沙沙聲音不見，但許多聲響也隨之不見。世界很簡單閉上眼睛就能什麼都不看見，而我比一般人更幸運，不需要摀起耳朵，只消拔下助聽器一切就又回歸寧靜。我試著發聲聽聽自己聲音，覺得體內有個洞，那些聲音隨某個出口出去卻沒鑽回我的耳蝸裡。我像個壞掉的收音機總是對不準頻道，所有的聲音都雜入收訊不好的沙沙沙……沙沙……

說失去聽力好像又不是這麼一回事，具體來說是聽覺損失，對我來說我可以聽見的頻率和分貝比一般人的需求更高，不是全然聽不到的那種。或許有些人是真的一點聲音都聽不到，我反而羨慕那些人，什麼聲音都聽不到，那麼就會聽不到那些爭吵，比如爺罵母親、比如父親和母親爭吵、比如母親夜半的啜泣聲、比如當母親擁我到懷裡時她心裡的鼓跳聲。

那些枝微末節的聲音我卻記憶深刻怎麼也忘不了。

看看時間也差不多，戴上助聽器到樓下，年輕老闆領我上他機車，一路上景色飛速，金門水潭特別多，走到哪幾乎都有水，彷彿千湖地帶。年輕老闆順著水潭旁的小路前行一段距離，靠近水庫的地方將車子停下要我跟他走。

我們沒說話，他手裡拿著望遠鏡和一本手冊，走沒幾步他停住，專心聽些什麼，我注意他模樣，學他專注聽著，只有沙沙聲。路上偶爾幾隻鳥類快速身影穿梭而過，他熟練翻開手冊介紹著「紅冠水雞」、「白腹秧雞」、「鵲鴝」，只是那些鳥類行色匆匆，還沒看個穩，牠們就逃了。

彎進水庫旁的小路，兩旁土壁較高，上頭分布了幾個相同大小的孔。

「八二三沙沙沙砲戰沙沙時留沙沙下來沙沙沙彈痕。」

「是喔！」我吃驚的看著密布的土壁，原來傳說中的戰爭，彈藥是如此天羅密網的罩了下來，導致這裡土壁上坑坑洞洞。

「哈沙沙哈哈沙哈哈哈。」年輕老闆誇張的抱著肚子笑著。

我疑惑看著他，抬頭一看漫天的鳥似乎像被驚嚇而四處飛著，近黃昏的夜裡幾隻鳥像麻花纏在一起忽高又低的聚飛著，年輕老闆專注看著，讓我把望遠鏡也兜上去瞧，一會後，那些鳥類一下全鑽入樹林中又恢復寧靜沒有騷動。

「你沙沙運氣沙沙很好沙，剛沙那些沙沙是這個沙沙……」

圖示上是「栗喉蜂虎」，色彩鮮豔如鸚鵡，眼線明顯如放大版的綠繡眼。

年輕老闆指著洞穴：「這沙不沙彈孔沙沙栗喉沙蜂沙虎沙沙巢穴沙，密密麻沙沙麻看起來沙很多，其沙沙沙實都是沙障眼法沙沙，只有沙沙一個才是沙真的沙。」

原來這就是年輕老闆的祕密基地，據他說很多人組團來金門看這種鳥類還不見得有機運看到，他也不太喜歡介紹給太多人，太多的好奇和關心總會伴隨災難而來，況且讓這種鳥留點神祕感也有好處，沒機緣的人才會有下次再來的動機。

年輕老闆的話卻讓我隨著昏暗的天色而走入某一段光景裡，我吵鬧著要吃巷子附近粽子，母親先是安撫後見我任性，無奈牽著我的手在深夜尋覓。夜深只有風、母親篤篤的鞋聲及我拖鞋磨地的聲音特別清晰，那一段記憶如吃完的美麗糖果紙般仔細摺疊收藏。

母親嘴裡碎念著：「那麼沙沙晚沙沙沙應該沙關了吧沙沙沙也沒見……」

到了店門口果然已經緊閉著門，母親微低著頭似乎哄著我：「明天沙沙有機會沙沙沙再來沙沙沙。」

明天母親忘了這件事，後天也忘記，一直到母親真正離開，我的桌上多了兩顆粽子，那時還沒有人知道母親離開，大家坐在圓桌上等待開飯，所有食物已經被安置妥當，只有母親的位置空著。粽子早就被我下肚，粽葉胡亂塞在垃圾桶裡，父親爺爺焦急等待，我不怎麼急，還可以等，因為才剛吃飽。那天過後，母親再也沒出現在飯桌前。

父親爺爺從來不說，鄰居偶爾會碎嘴著：「可憐沙沙孩子沙沙沙母親沙沙沙……」後面的部分我都聽得不甚清楚。

我出去找過母親幾次，小時的步伐短，走到巷口就繞回，怕迷失了路像母親一樣回不來；大了一點可以搭公車捷運，我在城市裡逡巡母親的身影；更大點我渴望愛，卻總是得不到，大多是因為我聽不到說不好，我常在想母親的離去是不是也跟這些有關。

我在J身上找到母親的影子。

她也如母親一般捨棄我。

天暗，上弦月緊勾住那一點心事不放，年輕老闆像是發現什麼輕輕解了下來：「還好吧！」

我聳聳肩只想表示沒問題，眼淚卻莫名流下，我討厭敏感的自己，看起來很糟糕，像是跟別人索取同情，年輕老闆沒說話只是靜靜抱著我，隱隱約約我似乎又聽到風聲、鳥歸巢的叫聲及年輕老闆的心跳。

關於母親我還恨嗎？其實我只想問問她過得好不好。

一句好，就夠了。

坐上機車，風在兩旁破過，像船橫過水面引起波紋，前方有光，那是溫暖小鎮。

旅程快結束，而我，該回家了。

——第六屆金門浯島文學獎短篇小說首獎

小小

他對父親說故事，把死亡說成像旅行，一點都不可怕。他仔細叮嚀父親要在心裡多念佛號，不要心生旁騖，菩薩佛祖會聞聲救苦。

※

飛龍說：老爹你要跟好。

老爹說：……

翔翼說：放心啦！他不會跟丟。

飛龍說：老爹先放防禦防魔加速一下。

老爹對隊伍使用防禦魔法。

老爹對隊伍使用防魔魔法。

小辣椒說：老爹謝啦！精神百倍啦！

老爹對隊伍使用加速魔法。

他盯著螢幕，手指下意識操作，聊天打怪成了反射性動作，他有自己的城堡、團員和盟友，還有專用的白魔法師幫忙使用輔助技能。如果以現實中的他為圓心往四周望去，會發現兩台電腦螢幕閃著幾乎一樣的畫面，桌上擺著飲料食物，一隻狗小憩在房間角落。今晚九點出團大概十二點任務會結束，他的人物帶領大家跑過草原。小小坐在草原一角，他們早就習慣那個叫小小的人物，不知道從什麼時候開始，有人發現到遊戲中有個奇怪的玩家角色，一個人默默的坐在草原的枯木旁，像在沈思卻一動也不動。玩家間此起彼落猜測小小的身分，有人說他是GM（遊戲管理者），有人說他只是有錢沒處花的玩家，眾說紛紜，小小是個謎。

每當任務結束，其他團員盟友回城堡誇耀今日戰績時，他穿著遊戲中最強裝備以及最強城主才配騎乘的暗黑龍，來到草原固定位置，取消坐騎，脫下一身強裝，回復遊戲初始人物的姿態，像老朋友般對小小說話。

翔翼對小小說：靠！今天出團搞不懂怎麼那麼多白痴，連擋小怪都不會擋，殺個王比平常多花半個鐘頭，結果都沒有噴寶。

翔翼對小小說：小小你今天好嗎？我很好，可是我爸好像不太好。

翔翼對小小說：我媽老是在電話裡說我爸意識模糊說窗戶那裡有人要接他……

翔翼對小小說：你說我能做什麼嗎？我在台北耶！

翔翼對小小說：難不成要我三天兩頭回去一次屏東嗎？

翔翼對小小說：這樣說好像很不孝順，可是我有沒有回去對一個意識不清的人有什麼意義嗎？

翔翼對小小說：我媽問，我爸看到的是不是鬼？

翔翼對小小說：我就跟我媽說啦，那個不是鬼，是長期住院的人會產生的幻覺，多帶他出去走走曬曬陽光就好了。

翔翼對小小說：小小你在嗎？說句話好嗎？

翔翼對小小說：小小……

※

早上六點，鬧鐘響起，現實生活他獨自一人，沒有團員、盟友，只有一隻狗陪他。狗是斷了一隻後肢的流浪犬，只能拖著殘缺的後腿前進。當初和L目睹一樁車禍，撞到狗不比撞到人，駕駛搖下車窗看了一眼，啐了一聲：「幹！」就繼續前行。被撞倒的狗想若無其事的站起，走了兩步又跌，抬起前腳卻怎麼也撐不起後腿。L彷彿沒自己事。他跑下車抱起狗就要上車，L皺著眉頭問他：「你抱這隻狗是要怎樣？」

「先找家獸醫院再說。」

「你到底要怎樣？還要多花一筆錢照顧牠？」

他聽夠了L的抱怨，一直以來L像蒼蠅嗡嗡聲已搞得他不舒服，他沒說第二句話立即跳下車，招了路口計程車就走。於是，他用L換了一隻狗，L搬離他們共同的家，他也重新租賃一間有電梯的公寓方便帶狗進出。

他先餵白白再去盥洗，再過不久他要自己出發上班，一個人出團。搭上捷運，許多似醒未醒的人東倒西歪在捷運上，他很想用回復魔法幫大家振作精神，可現實生活可不是按按鍵盤、動動滑鼠那麼簡單。他拿出筆記本看著這個月還有哪些天可以回屏東，考慮一下尚有兩個週末可以，一趟高鐵來回花費少說三千，兩次來回就六千，為了一個神智不清的父親真的值得嗎？他也不曉得，不過他知道不回去免不了又要被母親念一頓。轉念，他也覺得母親沒什麼資格念他，反正母親為了自己方便也是花錢請看護在照料父親，「一個神智不清的人誰去照顧他不是都一樣嗎？難道為了你爸要拖垮一個家，我沒有工作誰來付你爸的看護費，一個月兩萬多，你有幫忙嗎？」

一個生病的人已經把大家搞得很累，他沒回話，下午就去郵局匯了一萬元到母親的戶頭，他付了一半的錢至少覺得心安。

他每天習慣早起到工作場所，一所收容身心障礙學生的特殊學校，他坐在教室前和陸陸續續到達的學生招呼，那些孩子咧嘴大聲說老師早，他點頭微笑回著你也早，這是一貫的招呼，只有一個孩子從來不招呼，直等著他先開口。

「伯恩早！」他說。

「伯恩早！」那名男孩跟著說。

彷若雙聲複調，「伯恩，你要說老師早！」

「伯恩，你要說老師早！」

這戲碼每天早上都要上演一次，名叫伯恩的男孩永遠分不清主詞的你我他，還有自己名字的定位在哪裡，需要他一再幫男孩確認好方位，重新鎖定自己是你是我還是他。

伯恩的字寫得很漂亮，父親大學教授母親也是老師，為了這個孩子母親辭去教職，專心帶他，伯恩習得摹寫好字、懂得怎麼生活自理，卻不懂得怎麼應對，活在一人世界裡。下課時間，許多孩子已經出去，他發現伯恩站在灰色牆壁之下低頭，其他孩子早已習慣伯恩的行為也不特別找他玩。他坐在教室旁的辦公室觀察，伯恩總要聽到鐘聲一響，才趕在最後的時刻跑進廁所草草了事再回教室，剩下的下課時間他彷彿是被魔法石化的人，站在牆壁前垂著頭。

他對伯恩母親描述這狀況，伯恩母親也無解。

※

週末前一天晚上他跟團裡的人請了假，到草原找小小，看遊戲裡日出日落好幾次後才說再見，小小依然沒有開口。回到屏東，病床上的父親眼神空洞，嘴裡喃喃，像吐露魔法，只是那套法術太長無法念完，外頭風雨輕撼樹枝葉，幾絲斜雨扣擊窗戶，父親停止咒語總算開口說話：「阿弟啊……」

「阿爸，我在這！」

「阿弟啊，你有聽到某？」

「聽到啥？」

「阿弟啊，阿爸跟你說，外面有人在敲窗戶，你有聽到嗎？路燈下面，有你祖公啊在等我，阿弟啊！你去檢查，把窗戶關好，不要讓他們進來。」

我起身檢查窗戶已經被鎖得死緊，窗外路燈下沒人，只有兩三隻飛蛾在風雨下仍振翅繞燈，幾輛車子呼嘯過，車燈胡亂閃過病房內，拉起窗簾，屋內更暗了。

「阿弟啊，你有看到某？」

「阿爸，沒人啦！我在這裡陪你，你好好休息！」

「阿弟啊！你記得某？以前阿爸帶你和你媽去高雄玩的代誌嗎？」

「有啦！有啦！」

後來父親的聲音越來越細，又散成絲線飄盪在屋內，碎碎念著，結成一張張的網，沒有止境。他和看護打過招呼就逃出病房回去休息，到家，母親吃水果邊笑著看電視。

「回來啦！要不要吃塊蘋果？」

「在家裡很舒服嘛？」

「什麼意思？」母親不解看著他。

「我說你在家裡很舒服嘛？吹冷氣看電視吃蘋果，把老爸那個快廢掉的人丟在那裡給一個陌生人照顧，很舒服啊！」

「你在說我不用心就對了？」

「所以是我誤會？」

「你平常在台北，回來不過兩天，下午回來隔天下午走，實實在在待在家裡也不過一天時間，我守在這個家裡已經一輩子了，你還要我怎樣？有本事自己回來照顧你爸，不要只會說這些。」

「我不是已經付看護一半的錢了嗎？」

「以後我最好不要像你爸這樣，我會先跳樓死死，難道我沒有每天去照顧他嗎？我休息放鬆一下也不行嗎？我我我……不然換我去死一死好了。」

他母親紅著眼掉著淚委屈的哭，他也不知道怎麼舌頭輕易化成利刃，語言成了刀鋒，唰唰幾下，便把雙方弄得遍體鱗傷，他不知道站在這裡的他是誰，只能回到房間，丟下母親一人在客廳裡繼續啜泣。

窗外風雨持續，父親會不會害怕？他想著。

小時，父親母親帶他到高雄大立百貨，他在電玩區裡玩著小精靈遊戲，小精靈躲避小鬼追逐不斷吃食畫面裡所有圓點，待收集完畢才算過關，每每他總是被小鬼逼至死角而結束遊戲。換父親上場，先誘小鬼追逐，等待逐步逼近時才衝向角落吃下可反噬小鬼的道具，他見父親操縱黃色精靈吞噬逃避的小鬼後，小鬼悠悠回到畫面中央重新復生，而父親的手不斷操縱黃色精靈在躲避小鬼、吃食圓點、反噬小鬼，彷若被困在畫面中的迷宮。

但現實中的父親對於幻境鬼怪卻只能落荒而逃。

※

他和母親都在等待，等待一縷靈魂脫離這副皮囊。隔天他到病院握著父親的手，想溫習一次往日時光，父親無力的輕壓他，像是懂他的心事，昨日的風雨彷如不曾存在，陽光大片灑進。

他對父親說故事，把死亡說成像旅行，一點都不可怕。他仔細叮嚀父親要在心裡多念佛號，不要心生旁騖，菩薩佛祖會聞聲救苦，他拿起醫院角落有人捐贈的《地藏王本願經》，還有《藥師經》一字一句念給父親聽，他也不知道父親聽進多少，因為又陷入昏迷。

下午他回台北，登入遊戲已經許多人在等他回來帶領守城，他雄霸遊戲登領城堡高處，發號施令，命弓箭手二三層高樓防守、四周部署大砲火藥，城堡外圍已經有許多躍躍欲試前來攻城的玩家。城堡內靠城牆一圈是防守攻擊兼俱的騎士、後方有等待第二波殺出的武力型戰士，再後方是負責攻擊的黑魔法士以及負責療癒的白魔法士，他看著龐大陣容。時間一到城門開，敵對玩家殺進城來，他居高臨下運籌帷幄，他對戰役熟悉，後傳來盟友以人龍築出一條通道供敵對玩家通行。

飛龍使用組頻說：幹！血盟團的叛變了！

無道使用組頻說：城主，敵方通過走道要到城內了！

小辣椒使用組頻說：快回守，放棄城牆回城內。

夢幻公主使用組頻說：進不去，門口被敵軍用人牆擋住了。

翔翼使用組頻說：先掃堵在門口的敵人。

無道使用組頻說：快一點，等一下聖石被攻破……

他騎乘暗黑龍從城堡上方君臨，使用特殊噴火技能先殲滅門口敵人，再命白魔法師使用傳送術把主將傳回城堡內守護聖石，戰場上的爾虞我詐他早就瞭若指掌。這一場戰役雖然開始處於劣勢，最後卻還是憑著團員和其他盟友助力之下逆轉乾坤。時間結束他們守住聖石，幫忙守城的人額外獲得許多特殊道具或武器防具，大家開心慶功，討論這一場戰役的驚險。他還是不習慣太熱鬧的地方，他一人到草原，小小還是維持著一樣的姿勢、待在一樣的地點，依舊是沈默的看著畫面裡的某處，螢幕另一端的人在想著什麼？過著什麼樣的生活？

翔翼對小小說：呼！嚇死我的毛，被人婊了！幸好我們人夠厚，不然城堡就沒了。

翔翼對小小說：小小，你來到這個遊戲那麼久了，怎麼都沒想要去其他地方走走？

翔翼對小小說：要不要到我們城堡看看？別人我不敢，如果是你的話，可以把我的裝備還有暗黑龍借你騎喔！

你裝備了暗黑盔甲。

你裝備了暗黑手套。

你裝備了暗黑頭盔。

你裝備了暗黑鞋。

你裝備了暗黑劍。

你裝備了暗黑盾。

你騎上了暗黑龍。

翔翼對小小說：小小你看，很帥吧？

翔翼對小小說：有沒有哪種魔法可以在現實中把我老爸復癒的？

翔翼對小小說：這次回去我不知哪根神經不對，對我媽說了那些話。

翔翼對小小說：小小，你也會跟你爸你媽吵架嗎？

翔翼對小小說：我知道，是我不對，我也不想這樣。

翔翼對小小說：小小，謝謝你聽我講那麼多話，不然我一定會瘋掉，ㄎㄎ。

翔翼對小小說：先掛網了喔！掰！

※

他離開電腦，白白拖著上半身過來撒嬌，膩在他的腳邊，心臟蹦蹦的跳，證明牠還活著，他抱起吐著舌頭的白白，將牠放置在大腿上，細心替白白梳毛按摩。他突然想到自己從來沒有這樣溫柔對待自己的父親或母親，看看時間已經十一點多，母親可能已睡，他還是拿起手機撥電話回家。

那頭傳來含糊的聲音：「喂！找誰？」

「媽，是我！」

「阿弟啊喔！怎麼了？」

「媽！」他不知道接下來該說什麼。

「有吃飽嗎？」

「有啦！」

「那就好！要好好照顧自己。」

「媽，沒代誌啦！你好好睏！」

掛上電話，他想到家裡偌大的屋內只剩下母親一人，母親在空盪盪的屋內或許正感到寂寞的睡著，而他，還有白白。

沒有他在家的白白又在想什麼呢？

他拿出視訊測試了會，把白白帶進鏡頭裡合照了一張。

隔天幫白白準備好飲食和水，他將視訊打開對準屋內，電腦設定遠端遙控系統後出門。每天清晨一樣的光景，他在人群裡，沒有人知道他有一個生病的父親、沒有人知道他是一所學校的老師、沒有人知道他養了一條狗、沒有人知道他是網路遊戲的城主、沒有人知道L遺棄了他。

沒有人，知道，他很寂寞。

學生像剛入港的船隻停泊進來，他看見微胖身軀的伯恩。

「伯恩早！」他說。

「伯恩早！」

他已經習慣日復一日宛如倒帶重播的戲碼，「伯恩，你要說老師早！」

「伯恩，你要說老師早！」

學生進到教室開始晨間打掃，其他孩子臉上帶著笑容，只有伯恩始終一號表情，既不哭也不笑、沒悲沒喜，抿著嘴不主動說話，像學人說話的九官鳥，所有人類複雜的語言進到伯恩的腦內，似乎掉進深處的迷宮，無法順利爬出嘴唇的出口。

他在隔壁辦公室打開電腦連上家裡主機，畫面傳來白白先是東嗅嗅西走走，後來敏感的像是發現到有人監看著牠，抬起頭兩眼骨碌盯向視訊的小眼睛，側著頭，吃力的往前兩步瞧著視訊。他嚇了一跳，莫非白白真能感應主人的電波而突破這一層他精心策劃的偽裝？白白離開畫面去喝水，趴在地上抓抓癢，咬著他買給牠的小熊布偶到門口，發出低嗚聲，腳掌邊翻弄著布偶，頭卻望著門口。

這，不正是他每天回到家一開門的畫面嗎？

他才知道自己出門多少小時，白白就要忍受寂寞多少小時。

透過視訊，他看到白白眼底透露的訊息。

趕在其他老師下課前兩分鐘，他到伯恩習慣的位置去站著，到了下課鐘響，伯恩離開教室看到他站在牆壁邊，猶豫了幾秒，還是走過來站在自己習慣的位置，持續低著頭。

「老師好！」他開口對伯恩說著。

「老師好！」伯恩仿傚著說。

「老師，你在這裡做什麼？」

「老師，你在這裡做什麼？」

「老師在這裡等你啊！」

「老師在這裡等你啊！」

「老師在這裡等我做什麼？」

「老師在這裡等我做什麼？」

「老師想知道伯恩好不好？」

「伯恩好！」

他訝異伯恩擺脫鸚鵡學語，表達了一句自己想說的話。

「伯恩好棒！」他摸著伯恩的頭誇獎著。

「伯恩好棒！」聽到鐘聲響的伯恩留下這句話，就趕緊去廁所然後回教室。

自成一世界的伯恩會感到寂寞嗎？他想。

※

下午接到母親電話，他向學校請了假，先趕回家，白白一如電腦螢幕前的動作等在門口，收拾了一些東西連同白白的食物和水，他不想再讓白白感到寂寞，把白白放進籠子裡一起搭高鐵，花了幾個小時回到屏東。許多人的醫院裡，他一眼就看到母親坐在椅子上低著頭，像在哭又似小憩，他偷渡狗到醫院裡，因想到父親以前一直說想養隻狗，但母親怕吵怕髒，所以作罷，他想介紹白白給父親認識，也想讓躺在病床上的父親能摸摸白白。

「阿爸現在按怎？」

「進加護病房了，醫生說昏迷指數太低很危險。」

他陪母親坐在醫院一個下午，籠子裡的白白沒有吵鬧，安穩的在暗黑的籠子裡睡，晚上父親就離開加護病房，他到一般病房裡看父親，父親微張著眼沒說話，但看起來像很多話要說。他摸摸父親的手，稍稍打開籠子，白白探出頭舔著父親的手，他扶著父親的手順著白白的毛摸。

「阿爸，這是白白！」

「白白，這是我爸！」

他模擬好幾次要怎麼介紹L給父親，現在卻用在白白上，他覺得好笑，卻又笑不出來。

回到台北，他又回到日復一日的生活，他有一個生病的父親、任勞的母親和一條狗、他是一個老師並且失去戀人L，但他還擁有一個城。惹母親哭後，他每週不再抱怨，固定的返回屏東探視來日不長的父親，父親還是進出加護病房好幾次。一天晚上接到母親電話，母親說父親病危，她簽下放棄急救的同意書，他知道，過了今晚，以後不用再趕著回家，總算可以安心的玩遊戲了。

飛龍說：老爹幫補。

老爹對飛龍使用復癒魔法，飛龍體力恢復1342。

飛龍說：謝啦老爹。

翔翼說：幫忙拉怪一下，老爹經不起打的。

小辣椒說：老爹加速沒了！

翔翼說：誰幫忙一下丟補血給老爹，我另一台電腦當了。

飛龍說：我沒帶藥出門耶。

小辣椒說：ㄜ！我也沒耶！

老爹死亡回到城內。

他離開隊伍到城內，老爹站在復活地點看起來像在想什麼。他轉到草原，草原裡有許多玩家，但不見小小，他不知道有多少人注意到小小失蹤了，除了他之外有人會在意嗎?他坐在原本該屬於小小的位置，等待，等待小小的回來，他還有好多、好多、好多話，想跟小小說。

孤島化鳥

隔著窗戶往外看去，晴天萬里，是間很安靜的醫院，不過看起來更像是這城市裡的白色孤島，而他的床也成了另一座小島。

一個藍天午後，他拉高身子轉身投籃，雙腳落地一瞬間卻讓他站不起來，球友聚了過來，一開始大家以為他不是跌傷腿就是扭傷腰，他自己也這麼認為。不過接下來的狀況卻超乎自己的想像，他根本站不起身來，接著救護車來了，他被推進醫院，母親也跟著過來，之後幾天醫院就成了他的世界，睜開眼閉上眼再睜開眼還是同樣的地方。醫生的檢查結果發現他的身體並沒有異樣，不過他站不起身也是事實，所以讓他繼續住院觀察。

每個生病的病人第一個念頭無非「為什麼是我？我做了什麼？」他也不免俗地這麼悔恨，是不是當初不帶球上籃，不那麼奮不顧身，以為青春肉體不會毀壞，就不會這麼肆無忌憚。不過悔恨已經來不及了，他感覺自己已經快要扎根在白色病床上。他的母親在一旁幫他調高病床，隔著窗戶往外看去，晴天萬里，是間很安靜的醫院，不過看起來更像是這城市裡的白色孤島，而他的床也成了另一座小島。躺在上頭，只能安慰自己或許明天就會突如其來的好轉，就像他莫名地躺在這裡一樣，誰也不知明天會怎樣。

他母親溫柔地問他需不需要其他些什麼？他很想回答：「是的母親！我現在最需要的就是大叫。」不過他卻賭氣的什麼也不說，現在，嘴成了他與世界溝通接軌的唯一方式，但只要他堅持不開，誰也沒法讓他與世界繼續溝通。

他的母親也不生氣，只是安靜的又坐在一旁攤開帶來的書看著。

他閉上眼試著集中所有注意力在指頭末梢，想像身上有著一個控制器，現在他按下了，肯定自己按下了，然後跟著電源線般的神經前進，他在後頭獵犬一樣趕著它們前進，不過那群羊兒全化成棉絮消失了，他又試了一次。

這一次好多了，羊兒走得比較遠了，不過還是消失了。

這遊戲，從他入院以來自己默默地玩著，母親雖然緊張他的身體，卻很快的接受現狀，年紀大的人果然不一樣，見到母親這樣的態度，他太了解，就如同他幾年前出走的父親一樣，母親很快就接受，而且隔天就告訴他：「你的父親離開我們了！」母親的語調很平淡。

就算現在自己任何的歇斯底里，母親也都會很平淡。

所以他玩著一人的遊戲，不過兩週過去之後，他發現到自己的遊戲變得有點不一樣，自己雖然沒辦法牽動身體的任何部位，不過意識卻意外的像個追蹤器一樣，他先追蹤的是他的主治醫生，帶點鬍渣的笑容，總是親切問他有沒有好點？他沒有回答，不過醫生卻良善的當著他母親和護士的面幫他拍拍手臂轉轉身子，醫生的手掌大小、力道如何，他全然不知。不過這一天，和平常一樣的一天，他的意識卻跟著醫生出病房，接著他追蹤醫生進到下一間病房，當他意識到這一點時，他才發現自己的意識似乎成了追蹤器，且有了聲納的效果，把建築物的本身及四周的地形景致全都建構出來。

他亂了手腳，不，嚴格的來說他亂了腦子，於是意識像被鉤回來的線瞬間又拉回到自己的身體裡頭。

他試著重新把追蹤器放出去。

這一次順利多了，他走出，不，是他的意識走出醫院，他發覺到意識的右上角有個類似座標的東西，不斷隨著他移動的意識變換著數據。他的意識先是快步的走著，像他未癱瘓前的腳步一樣，接著他發現到自己的意識可以追蹤一台腳踏車、一台機車、一台跑車，很快他也可以跟上一台飛機，這前後不過三天的時間。他意識所有去過的地方，都被儲存起來。他發現只要他去過的地方都能在座標裡找到，且只要輸入座標他的意識會瞬間到達那裡，再度展開另一趟風景，更神奇的是他的意識已經進化到可以接聽到四周的聲音，只差不能感應溫度。

後來他已經把自己當成是一座巨大的電腦處理器，他處理所有世界裡的大小畫面，他的意識可以分工到瞬間如三千諸佛一樣，他已經可以看透這個世界，不過他看不透那個來探病的男人。這個世界成了他的監視網路，有誰來，去了哪裡，他都可以如預言者般的準確說出，但男人來時他並不知道。醫生笑著在他和母親之間介紹著：「這是張先生，弓長張，來幫忙做研究的。」

母親點頭示意，當醫生介紹完後，他的意識網中才突然被安置進一個人，就是醫生口中的張先生，張先生並不高，衣物穿得挺扎實，張先生禮貌問候過母親，說想跟他單獨聊聊，母親和醫生一同退出去，他們常常出去，在白天在中午在晚上，在任何他不在的地方。

張先生坐下，沒有客套話，直接說著：「可以把定位器關掉了，現在是我們的時間。」

他的臉部表情已經無法再準確表達他的驚訝程度，不過聽得出來張先生知道些什麼，張先生繼續問著：「去過其他大陸了嗎？」

他回答：「整個世界已經在我的意識網之下了。」

張先生笑：「那很好可是還不夠，我要教你更多。」

「你要教我更多？」

「這個定位器是個有趣的系統，不見得適合每種生物，不過顯然的它適合你，它會發展出一種電波，如同你熟悉的那種，不過這電波可以到達的地方並不僅僅是你所習慣的星球，我要教你怎麼做。」

「不見得適合每種生物？適合我？也就是說是你選上我？」

「幫我完成任務，我就還你一個健康的身體。」

當他的意識網籠罩這世界聽取許多情報訊息之後，再也沒有更多的消息可以驚嚇得了他，所有世界的內幕都在他的掌握之中，除了這件事之外。

「你是說這是可以被移除？」

「是的。」

「你讓我身體恢復正常我就幫你，否則就免談。」

「諷刺的是，這定位器需要讓不能動的生物產生想移動的心，始有辦法驅動這定位器，所以拿掉後這定位器就不能使用，你也就幫不了我。」

「那為什麼你不用在自己人身上？」

「我們族人試過了，沒有人能驅動他。曾經驅動他的生物死亡，我們便被困在這藍星。」

「你們會習慣的。」

「你不打算跟我們合作？」

「我得想一想，至少目前不想。」

張先生禮貌的說再見，他的意識網追蹤著張先生到達樓下花園，母親和醫生在那，他們笑笑地聊天約定好下次見面的時間，說這孩子的心理需要更多的治療，母親點頭謝謝。張先生走到醫院入口處，朝天空瞧，似乎在跟他道再見，張先生的影像隨即消失，四周的人群一樣的活動，誰也沒注意到男人消失嗎？他很快了解男人不是消失，應該是用某種遮蔽器，一種反追蹤的物質。

他又開口和母親聊天了，他開始說聽來的笑話，將親自見到的奇聞軼事改編成故事說給母親聽，母親覺得他變了，於是跟他說越來越多事，包括醫生的事，他很開心替母親祝福，母親總算落淚說：「沒有辦法在這時刻……」

他要母親別哭，但請母親幫個忙，下次和張先生見面時請母親一定要小心且不讓張先生發現的在他背上貼上貼紙，他的母親疑惑卻沒有拒絕，就像他沒有拒絕她和醫生一樣。

一週後張先生又再度出現，母親和醫生一樣到花園，張先生又問：「改變主意了嗎？」

「怎麼幫？」

張先生開始鉅細靡遺的解釋如何控制定位器，他的要求很簡單，就是把宇宙分成十張平面圖，在腦海裡把所有平面圖等均分成一百個區域，尋過所有區域找到他們原本的星球，張先生說得詳細他都聽懂了。

「這工作不好做，運氣好一點半年左右就完成，差一點可能要幾年，不過我們會賠償你這幾年的損失，確定我們能回去後，會銷毀你體內的定位器，它會自動溶解不用擔心。另外，我們會存入一大筆錢進到你的帳號，用這幾年換來一輩子是值得的。」

他配合男人，笑著。

接著畫面出現花園裡的張先生和醫生母親道再見，母親假意跌跤向張先生，他伸手扶著，母親指尖按下一枚透明膠帶，小小淺淺不惹人注目，到了醫院出口，張先生意氣風發的一樣揮手再見。但這次張先生不能再假裝不見，他跟著透明膠帶，張先生進到一間屋子，布置和所有正常人類一樣，張先生褪去衣服接著消失。

把座標定位好，他知道要再見到張先生可能是更久之後的事了。

在醫院繼續著張先生交代他的工作，這樣的意識旅行果然過於疲累，每一段每一段的區塊之間常需要耗費許多心神作無意義的漂流，幸而找過的地方就自動形成一張座標圖儲存在腦海裡。

白天他試著逗母親開心，和未來的繼父維持良好關係。在他和母親兩人獨處的時間裡，他請求母親幫他另一個忙，請母親在張先生下次來時烙下口紅印，以不顯眼的方式，母親沒問他為什麼，就如同他也不問她為什麼一樣。他母親點頭，他繼續說著笑話。

夜裡，他獨自攤開他的宇宙圖，他靜靜如幽魂的或站或坐或躺在任何星球的任何地方或任何生命體身旁，都沒有人發現過有這麼一枚「定位器」的存在。他聽不懂外星人的語言，不過他看著各式各樣的種族在不同星球中生存，彷彿是身歷其境的3D電影。他尋找張先生要找的地方，他勾勒出幾個可能的星球定下座標，可是張先生說的線索有限交叉比對之後還是有兩百來個，而他還有六張宇宙地圖沒有翻完。

半年後張先生來，他們獨自聊著，他腦海裡打開座標，細細說著宇宙裡某星球的風景，「不是這個，不是那個！」張先生說。

幾個小時過去，張先生站起身來說著：「很可惜今天沒有收穫，不過一週後我會再來找你，你的速度比我們想像中要快得多，說不定下週就能有收穫。」

離去前，張先生慣例要和他母親及醫生再見，不過這回醫生不在，母親哭啼著在張先生面前示弱，他有點不知所措，只能拍拍母親安慰著她，母親稍微擦拭眼淚後感動的在對方臉頰上小啄後說著：「謝謝」及「再見」。

張先生愉快的離開朝天空揮手，他跟著一個口紅印，不一會已經被張先生擦拭掉，但母親在指尖也按下口紅印，輕輕地按捺在對方的頸肩。

這一次他順利的跟著小小的紅印，發現男人脫下外套後臉部的位置竟然一下子就躍至桌下，甚至貼近地板，他跟著記號走進下水道，在某個地方聽到開關聲，接著他跟著紅印進到更深的位置。難怪他不知道，他從來沒有想要往更下的地方發展尋找，經過幾道防護門之後，他看到一群像是老鼠的沒毛生物，直到「張先生」放下那個機器為止，那些老鼠他見過，在那兩百多個星球之一。

「狡猾的老鼠！」他心裡想著。

老鼠們聚著討論要如何問到座標位置，他只想給他們一個驚喜。

一週後，張先生出現說他覺得上次說的那兩百個地方有幾個他們覺得有趣，想做宇宙航行旅行，需要他提供座標，他假意要求需要一百萬美金，張先生答應，沒多久已經入帳到他戶頭，其實他根本不需要錢。

他把座標告訴他們，每個都是他精心挑選過的，希望他們喜歡那些或那一個禮物。

他已經習慣這樣的意識，身體不再是阻礙，他可以來去世界和宇宙，沒有什麼可以比這更好，對於自由他也失去了興趣，得到肉體自由或許對他才是最大的折磨。這一次男人離開，他不再需要跟蹤男人，因為他們的座標他早已設定，他也懶得去理會他們是否打包好行李，是否準備出發。希望那些宇宙中攻擊性強的生物不會輕易放過這些準備侵入他們領空的其他生物。

他閉上眼，這醫院已經不再是孤島，反而成了暫且棲息的白鳥，休息夠了，展翅就又要飛去。

有聲

他們彷彿都不怕，每人手持一根魔法杖，杖有高低，正如《哈利波特》中每個人有自己天生適合的法杖，他們亦是，唯一不同的是他們的魔法杖必須隨著身高不同而有所替換，否則，魔法一旦失效只會替他們帶來災難。

「小菁！」

阿志發覺小菁聽見男人叫她的聲音，像狐狸一樣豎耳，她抬起頭朝男人的地方笑，揮著手招呼，準確的把招呼這顆球完美落在男人眼前。

阿志陪著男人來，他們認識不過幾天，做了幾次愛對彼此身體有那麼一點熟悉但生活卻不怎麼了解，阿志沒有工作，還在思索快接近三十的人生總不能在打工賺取時薪中度過，他做過麥當勞做過餐飲業也自己開過鹹酥雞，最後總有個東西擋在前面讓他不得不放棄。比如薪水少比如沒升遷機會比如工作太累比如沒保障，最後他也接近一無所有的徘徊在三十大關前。

男人不怎麼在乎阿志的前程茫茫，反而有點羨慕說著：「你知道很多日本人並不想要一份正職，他們打工過生活，只要賺取的那份薪水可以養活自己就好，剩下的時間可以做自己想做的事，聽說世界上很多搞劇團的人也是這樣。」

阿志感覺沒被安慰到，他既不是那些對生活無所謂的日本人也不是搞劇團的，他覺得男人像是老師安慰學生那樣的虛應故事，口頭上說說卻還是局外人。

「老師來了！老師來了！」那個女孩以興奮的語氣說著，把其他同學的情緒都帶動起來，一下子他們像聚集地底下的田鼠一樣低頭嘰喳著，他們邊嗅著空氣中飄來的氣味、邊靠碎步的聲音，知道男人以及他靠近，孩子們專心側耳聽著，像佛。

阿志覺得那群孩子像佛，哪裡來的印象他沒那麼清楚，好像是從某個石窟或是某幅畫的作品，一尊佛垂頭側耳，彷彿凝聽眾聲。

幾個勉強可以看見物體移動的同學已經趨前拉住男人的手，每一隻小手都化成藤蔓緊攀附在男人身上，小菁走向前，她害羞但也把手吸附上男人的身體，似乎從中取暖。

「大家好！」阿志像貓咪吐出毛球般的發出聲音。

「老師他是誰？」幾個同學七嘴八舌麻雀般。

男人還沒說，底下小鬼頭有人爆出：「老師你女朋友喔？」

「那個聲音又不像是女生。」

「那就是男朋友喔！」

「老師是GAY！」

「那是1號還是0號？」

「你們不要亂說啦！」小菁的聲音阻止那些話語。

阿志看著男人只是笑著，沒有承認也沒有否認。

「準備好要出發了嗎？」男人問著。

阿志覺得男人聲音溫柔暖和，他的世界裡有一套辨識系統，每個人的聲音有點形狀、觸感和溫度，有的方正堅硬、有的不規則清脆、有的圓形柔軟，男人聲音是輕柔的絨毛布料帶著夏日氣息，他喜歡窩在男人身旁聽故事，尤其那些好久好久以前的故事。

出發，男人曾告訴過他，那些孩子從出生後視力模糊，有的甚至只能辨別光線明暗，好一點的同學能看到模糊的影像，但最後他們都被安置在這座打造明亮感覺開朗的校園裡。他們很小就被迫離開父母學習長大，學校裡許多老師和上課場所被擺放在不同的位置，他們的任務就是在固定的時間內到達場所然後學習。學習的項目很多，學會用手指輕輕讀取凹凸版面藉以溝通，也要練習如何藉由輕敲鍵盤打出一篇凸凹的心事，最重要的是要學會如何與四周環境和平的共處。雖然總有些時候一些石頭會跳出來碰傷他們、車輛會惡霸般的擋在前方阻礙他們去路，或是消失的導盲磚如同道路瞬間神隱。

他們彷彿都不怕，每人手持一根魔法杖，杖有高低，正如《哈利波特》中每個人有自己天生適合的法杖，他們亦是。唯一不同的是他們的魔法杖必須隨著身高不同而有所替換。否則，魔法一旦失效只會替他們帶來災難。

那些也是男人說的。

「去去武器走！」小菁和同學玩樂，迷你版的盲劍客各持手杖打鬧。

「小菁！正偉！義明！」被男人點到名的同學才停止嬉戲，對他們來說在校園內行動很簡單，這是他們的天堂，沒人會在天堂迷失自己的方向，出了天堂哪裡都像地獄，但就算是地獄他們還是要進好幾回。

「今天的定向行動課程很簡單，我們的目標就是要從學校門口一直到公園為止，但今天只要過兩個紅磚道還有一條小馬路。」

叫小菁的女孩也喜歡聽男人說話，或許男人話裡有魔力可以把世界在她腦海裡描繪出來，她可能仔細在記憶的皺摺裡層層疊疊夾緊男人所給予的語言地圖，誠如男人給他的未來藍圖一樣，那裡有家、屋內擺飾兩人照片、一起挑選家具還有共同守護那個家，如果有餘力還可以養條狗兒子。

他跟在男人和學生後面看著三個學生以小菁為首，正偉和義明尾隨在後，下樓梯走坡道，下階梯直走到校門口為止。

「順著校內的導盲磚可以接到外頭的紅色人行道上，好！敲到第一個分岔點右轉，一直往前走直到第一個馬路口。」男人邊解釋邊讓那些孩子試。

阿志看著三個孩子規律性的在地上導盲磚上左點右點，喀！喀！喀！像是鐘錶內裡精密儀器的聲響，喀！喀！喀！一個接一個不快也不慢的完成第一個交代的任務。男人似乎知道第一個任務對孩子們來說不會太難，但再來也不是那麼容易。好比導盲磚的前方失去了線索，徒留下一條不大不小的馬路，要把失去的線索再度接上就要靠經驗和那麼一點運氣。

他們停在馬路前仔細聽著有沒有車輛行人落葉飛花的聲音，小菁拿直魔法杖置於前方探試人行道下到馬路的深度，她跨穩了第一步接著繼續左右左右規律打著，阿志覺得這的確是魔法，他想起男人夜裡對他說的摩西開洪水故事。

摩西可以開洪水，那群孩子也可以開道路。

小菁順利開啟道路橫渡洪路，剩下兩名孩子也過了馬路。

男人繼續仔細介紹著：「現在這條馬路前面在十步的地方有間書局，再過去一點有間便利商店，便利商店再走五六步有間早餐店，那裡的火腿蛋吐司還有奶茶都很好吃。」

那一天他們的練習就是兩條人行道外加一條馬路的距離，小菁微偏著頭似乎緊緊的把老師說的那些都記住了，例如校門口有狗盤據、右轉出去的人行道右側是圍牆、左側停著許多違規機腳踏車、再過去有書局便利商店和早餐店。阿志相信回到家裡，小菁會在腦海裡把一切又走過一遍。

男人話裡有魔力他早就知道，不然也不會在一夜過後就傻傻的和他交往到現在。那天，在黑暗的穴室裡，他走在少人的三溫暖內，每一盞小小燈光底下站著等待一夜溫存或尋找愛的人，每一個房間裡頭已經有慾望抒放的聲音傳震其他人耳裡。那天他本該上UT隨便找個男人卻又覺得不可靠，冒著陰雨霏霏出門，來到三溫暖時已經狼狽，一手交錢換過浴巾和保險套、潤滑劑。抬頭，男人就在不遠處看他，男人眼神清澈卻有穿透力，想要射穿他的眼。

最後男人射穿他的身體也射穿他的心。

那次之後他在男人家裡做過幾次愛，對彼此身體有點熟悉但對生活還是所知不多，男人在一日清晨邊準備早餐邊問餐桌前的他：「不然跟我一起去學校好了。」

「沒關係嗎？」

「沒關係啊！就說你是實習生就好了。」

阿志喝了桌上牛奶，自己年紀也不小了，卻還是做著不像樣的工作，他理想中的工作應該有自己辦公室、疊得像山的文件要處理、穿著西裝在那些光鮮亮麗的人面前來去、偶爾和同事去參加主題派對或是陪客戶進出高級場所，而不是站在廚房裡冒著汗和那些人說著好忙好忙好累好累昨晚幹了幾次砲今天真沒勁我家小孩真是糟糕老公也不愛管誰家不是這樣公公婆婆每天見我像我欠他們幾百萬一樣，他們用汗水、口水還有一堆怨恨牢騷抱怨來塞滿那些做好的食物。

阿志想了想打通電話給餐廳，裝病請了一天假，出門前阿志想了半天要穿什麼出門才好，男人對阿志說反正那些孩子都看不見，穿什麼都一樣。阿志還是選了一件桃紅，紅色喜氣。

車上男人手握方向盤專注開車，阿志問：「去到學校有人問我是誰，你怎麼回答啊？」

「我男友啊！」

「喔！是喔！」阿志似乎被男人嚇到。

「怎麼可能，說你要跟我來學習的。」

「嗯！」

男人在夜裡也能張著一雙眼看見東西，阿志這麼認為，不然那麼暗的房間裡男人怎麼能準確的對準他的唇他的乳頭還有他的陰莖甚至其他部位都能準確的命中，也包括他隱藏在黑暗裡的心。

男人在自己的辦公室裡打著上課的進度報告，阿志坐在窗旁想著學校果然設計明亮，所有採光自然匯集到中庭，明亮透澈的畫面讓這裡像畫，幾個孩子擠在那裡玩著，如果沒有靠近看根本不會發覺那些追跑跳碰的孩子都是視障。一些孩子東倒西歪靠近，他看了一眼隨即被嚇了一跳。

「怎麼了？」阿志的動作引起男人注意，沒停下手邊工作只是問問。

「嚇我一跳，他們的眼珠……」阿志不知該不該繼續說。

「白白的？」

「嗯！很像死魚的眼睛，白白的，還往上吊，嚇死我了。」

「所以很多學生出去就業都要戴著墨鏡，以免嚇到別人。」

「我還以為是遮光的。」阿志不免想到恐怖片中男女鬼眼神白翳一片盯人模樣，一個孩子恰巧看了過來，就是那種眼神，那是小菁。她斜著頭似乎把世界在她腦海裡重新組合，很快的她就跑來窗前問著：「老師！」

「嗯？」男人停下手邊工作，專注的轉向小菁位置問著。

「下次還要帶新老師來玩喔！」

「好！」男人認真說著。

小菁的手不停的碰著自己的嘴唇，似笑非笑的表情滿意的跑走。

「你剛接觸那些孩子還不習慣吧！對一般人來說要去適應這樣的狀況也需要一點時間。」

「嗯！」阿志想到以前看電視介紹深海魚不需要眼睛的畫面，一個黑黑的窟窿裡沒有眼珠。

「不過我已經答應小菁要再帶你來玩，不要中途落跑喔！從學校到公園的課程還很漫長哩！」

阿志像是頓悟了什麼，或許自己的工作不是坐辦公室，每日打扮清潔舒爽，但至少是為了別人的餐餐大事，他突然笑了出來，像是老天爺的玩笑，要他不要工作太累，可以來這裡學習另一番體驗。

「想到什麼那麼好笑？」

「想到晚點要去吃什麼……」阿志說著。

上課鐘響孩子們依序進到教室，一位女老師湊頭進辦公室問著：「陳老師你朋友喔？」

「我男友！」

對方睜大眼以為聽錯也不敢多問，禮貌性再見。

「你很敢耶你，對方一定在想陳老師你搞GAY喔？」

「你是GAY，我搞你也沒錯啊！」

男人繼續在鍵盤上作業著，阿志想著他和男人做過幾次愛熟悉了彼此的身體，但他知道以後他們會更了解彼此的生活，害羞的男人雖然沒有說出什麼承諾話語，但心裡有聲就彷若花開。

甜甜圈

發明甜甜圈的人一定缺乏某種東西，所以空了一個洞，他所希望的便是有人能將他製造的空洞填滿。

越接近冬天，小皓吃的種類項目就越多，連他平常也不太吃的巧克力，也都咕嚕一口就吞下去。第一次見到他這樣的狀態，讓我直覺想到要冬眠的動物，不斷大量進食以求度過一個安穩的冬天。儘管如此，他就是一副吃不胖的樣子，那些食物經過他的胃、腸而排泄出來，在這看不見的過程中，在他的體內是如何的分解變化吸收，依然是個謎。

「阿姨，你想吃嗎？」小皓望著我，邊嚼著手中的吐司問道。

我搖搖頭，不是因為吃不下，而是覺得他似乎連我的食慾也一併接收似的，讓我的胃感受不到餓的感覺。

「阿姨，你已經一天沒吃東西了？」他的眼睛直盯著那剩下幾塊吐司的塑膠袋瞧。

「我不餓。」

一地的食物，舉凡可以想像得到的食物都散落在那，地上有著些許食物殘骸或是倖免於進入他胃中的食物，我開始懷疑他到底從哪裡弄來那麼多食物，而那些食物真的全是進入他自己一個人的胃部嗎?太不可思議了。或許他的肚子裡頭連結著異次元的空間，食物一旦掉入進去，便漂浮在異次元中。

「那就隨便坐吧！」他勉強的從塞滿食物的嘴裡硬擠出話來，仍不斷地放進任何他能擠進去的食物。

我虛應了一聲，繼續問道：「你什麼都吃嗎？」

「嗯！」他又灌下一口飲料。

「甜甜圈呢？」我嘗試地問。

「也吃哪！」他終於停頓了會，想了想，繼續說道：「但為什麼會有這種食物的存在哩？中間空著一個洞，那個空間的存在一點意義都沒有。」他的食指和拇指在空中摳出一個甜甜圈的形狀。

「那是空洞。」我望著小皓在空中所畫出的甜甜圈說道：「發明甜甜圈的人一定缺乏某種東西，所以空了一個洞，他所希望的便是有人能將他製造的空洞填滿，當時的他一定很無助吧！但是經過了數百個世紀，直到現在我們仍舊吃著相同的甜甜圈，因為從來沒有人發現到這個祕密。」

「這個故事讓人感覺很哀傷。」他的食慾和他的表情永遠無法搭配起來，因為當他在吃東西的時候，表情是完全被隱藏起來的，笑的時候，哭的時候，生氣的時候，全都是一個模樣，就是臉部不停地嚼動著。

「不是嗎？」為了分散他對食物的注意力我繼續說：「你看過月球嗎？」

「嗯！」他沒點頭也沒搖頭。

「看到月亮讓你聯想到什麼？」

「月餅。」

「很好，還有呢？」

「沒了。」

「那我跟你說一個關於月亮的故事好了。」

他只是點點頭，繼續啃食著他手邊的食物。

「月亮上住著一群兔兔人，他們每天都很辛苦的在挖洞，因為他們居住在地底下，所以每天不停的挖不停的挖……有一天來了一個美麗的女孩，他們不知道她怎麼來的，但這女孩卻很快的和疑心病很重的兔子打成一片，偶爾她會陪兔子們跳舞，偶爾會跟他們一起唱歌，只有當她經期來時，兔子們才會離她離得遠遠的。畢竟誰都不想被她的情緒波及到啊！可以想像得到平常看起來溫順的她，生起氣來會亂丟兔子嗎？」

「真是無法想像啊！」他說。雖然他勉強開口，但因為塞滿了食物，所以實際上我聽不到他說些什麼，只是配合他的嘴型所猜測出來的。

「是啊！但發過脾氣後的她，會小心翼翼地替那些被她弄傷的兔子仔細上藥，每隻兔子都喜歡她這麼做。所以，二十八天一來，他們就遭殃，二十八天一過，他們就又和那位女孩膩在一起，不曉得這樣多久了。」我停頓了會，望著他繼續說道：「到底會多久呢？沒有人知道。畢竟這是他們之間的問題啊！」

他睜愣愣地望著我，手中的巧克力醬滿滿的加在吐司上，那看起來就像咖啡色的城堡，立在乳白色的平面上，三口，一、二、三，只三口，他便徹底地將手中的城堡攻陷摧毀，但隨即又建造了一座，下場也是如此。

說故事無效。他沒有太多的反應。我的腦電波下達了這樣的訊息，只好改變策略。

「看我的手，仔細看。」我站在他的眼前，將雙手攤在他的視線前方，「有東西嗎？」我問。

他停止攻陷無辜的吐司平面，抬起頭盯了一會，搖搖頭。

將雙手合十，在胸前拍掌一下，再度攤開手。

他不像其他的個案表現出驚奇神情，似乎手上突然冒出一朵淡黃小菊花是理所當然的事。

「送給你。」我遞了過去。

他接過手，望著花。

「阿姨，這能吃嗎？」他問。

「你試試。」我說。

他就像是一隻好奇的小動物，什麼都想拿來把玩瞧瞧。他一一將花瓣摘下，往口中塞去，像是吃生菜沙拉般的簡單美味。

「好吃嗎？」我問。

「還不錯。」他嚼嚼剩下的莖，繼續問道：「還有嗎？」

「嗯！想要嗎？」

他猛力的點頭。

「外頭有個地方很多，那是我的祕密基地，要去嗎？」故作神祕的問他。

這時他才恢復一般小孩充滿朝氣的眼神說著：「要。」

「走吧！」我說，拉起他的手，踢掉阻礙交通的垃圾食物，往門外走去。

陽光好大，不像冬天的氣候，有點熱，早該穿件短袖出門，我心裡嘀咕著。瞟向身旁的他，將手指頭全往嘴裡塞，彷彿要吞下自己的拳頭，讓我想起了那三流的娛樂節目。

擦著汗問道：「怎麼了？」

他忍耐著搖搖頭，大概又想吃東西了吧！若是再不斷地塞食物進入他的胃，說不定會像吞掉大象的蛇般，砰的一聲，肚子便撐裂了，但看著他平坦的肚子，讓我更加肯定之前的想法，另外重新設定了新的故事劇情。其實他是個甜食機器人，裡面有個祕密的四次元空間，能將世界上一切的甜食過渡到另一個世界，而他的任務就是不斷的將甜食帶入肚內。

「快到了。」我說。

這已經不曉得是第幾遍這麼安慰他了，除了不斷的吃以外，他實在是個體貼人的好孩子，不吵鬧，只是乖乖的跟著我的步伐，也或許是因為「吃」這樣的因素，驅使他如此安靜吧！

我的愛情症狀或許跟小皓的食慾有某種程度的相似，當我覺得無力再與另一半共同生活時，他會在我的耳旁哄哄我，「忍耐點，我一定會跟老婆離婚的，到時我們再一起到沒有人認識的希臘小島，你喜歡那裡不是嗎？我們就去那個藍、白兩色的國度去，只有你跟我，再給我一點時間好嗎？我愛你，小斐，我愛你。」他不斷地訴說著自己的夢想和編織謊言，我就像這個安靜的小孩一般，看著漫天飛舞的光彩泡泡而不戳破一切，允許他一再的欺騙，而幻想著天堂就在那。

「到了嗎？」我稍一停下腳步，他擦拭著臉上的汗滴，抬著頭問。

河畔旁布滿了點點的黃色小花，一堆人在這做運動，和小皓來到一塊小空地，和他一同坐了下來。「可以吃嗎？」他問，我微笑的點點頭。

他便像一隻好奇的小兔子到處嗅著，摘著野花小心翼翼地往嘴裡送。「不要跑太遠。」我對著空地那一端的他喊著。

他撇過頭來看了我一眼，沒說任何話，又繼續地動作。

我獨自在這摘了一串的小黃花，和情人在一起時常和他在公園摘一些小黃花帶回家裡擺著。只不過曾幾何時，那小黃花已經許久不曾造訪過自己的小窩。我的愛情渴望症大概跟他的嗜食症一樣的嚴重，他會好起來的，等會回到小皓家時，我一定要確信地告訴他的母親，小皓會好起來的。我卻不知道自己會不會好起來……或許忘記他需要時間，就像月球上的小兔子，無論受到多大的傷害，只要一點點的回報，便一再重複週期二十八天的傷害，只是我的受傷週期是不固定的。

回程的途中，他變得有活力多了，他學著小兔子跳啊跳的。「下次還可以出來嗎？」他仰著頭咧著嘴問。

「只要你想，我們就出來。」他已經漸漸脫離甜甜圈一族的行列了，或許哪一天，他真的可以脫離藉由吃來發洩心裡的感受和彌補他的空虛。我笑著牽住他的手。那失去他的空洞，彷彿自己像個甜甜圈，不停的找東西想來填補失去的部分。或許，哪一天我也可以脫離甜甜圈的宿命？

記憶中，情人修長的手指輕快地落在黑與白之間，雖五指在鍵盤上馳騁縱橫，但大多時只見兩指不斷地交錯變換位置，像舞會中搶盡鋒頭的舞者，從左而右滑過，又速速溜回，整個琴鍵落滿了他數個指頭，這是場快樂的盛宴，每個人在黑白錯雜的池中舞著，直至重重「噹！」的一聲，舞沒曲盡，十指才緩緩離開，他得意笑了笑，十指像鞠躬般曲著，扣緊我的腰間，使力朝著他的腿坐落。

「再來一首。」我央求著，家裡的琴就像古老的物品，被沈重的封印在角落，自從不學琴後，便是如此，從此成了雜物堆的所託之地。他又試彈了幾個音，沈重地帶點疲憊聲音的琴聲，彷彿傾訴著古老的樂曲，抹著悲傷的哀愁，他用蕭邦的〈離別曲〉劃開了序幕，一指一音鍵緩慢而頹重的敲了開來，我按緊了他的手阻止他再彈下去。

「怎麼了？」他問。

「我不喜歡。」我淡淡地說，像是喪禮的曲子讓我感到不祥，卻又說不出一個所以然來。

「那再換首，好吧！」他用偌大的手掌撫著我的頭說道。熟悉的音樂從他的指間流竄出來，一個接一個的音符快速緊接著迴盪在屋內，像繞著火圈快樂舞著的人們，慢慢地跳入我的心裡。

那一年，他給過我一個短暫的夢想之後，和以前大學登山社的同學去登大山，他說：「我想再去看看山的偉大，我想在那裡清楚的釐清自己要的是什麼，我想知道我能給你的是什麼樣的未來，我想和你在一起，但我還有很多的問題要解決，我想藉由這個爬山的過程，更堅定自己的意念。」他握著我的手，怔怔地凝視著我。登上山的第三天恰遇到颱風過境，救難人員趕至帶回了剩餘的七人，三人走失，大家都說：「完了！」我以朋友的身分趕到現場，他爸媽只慘澹地說：「不會的，這孩子只是天性貪玩，定是跑去哪不回來，玩累了、瘋了，就會回來了。」我也是這麼想。

他老婆牽著小孩的手楞楞地站在那，小孩沒說任何的話語，牽著母親的手，當時的印象太過鮮明，至今仍烙印在腦海裡，那一幕像幅畫就釘在雪白大牆上般，教人忘不掉。那時，突然覺得自己失去情人的悲哀，比起一個妻子失去老公、一個小孩失去父親、一個家庭失去支柱的悲哀來比，根本算不上什麼，我孤零零的站在那，像個迷路的人，真希望他現在就出現在這能帶我離開，這裡一切太不真實，我想回到有他在的真實世界。

「在山裡流浪的感覺真好！」每當他征服一座小山回來時，都會如此告訴我，與我分享這一趟旅程中他所學到所見識到的，但這回，他沒留下一句一信地逕自流浪去了。

出事前一晚，情人穿著一身的燕尾服急忙走著，我追了上去問著：「去哪？不帶我去？」他搖頭說道：「趕著去開演奏會。」他走得越快，我追得越急，一音又一音沈重而緩慢的〈離別曲〉響起，我抓不住他的手要他別彈，他在遠方的舞台上彈就著，每落下一個音，心又是一個重擊。哭著醒來。

這是個預告嗎？只能悔恨在夢裡沒能緊抓住他。

第二次夢見他，在他出事後的一個禮拜，他穿的是他習慣的登山服，邋遢的樣子急拉著我的手跑。

「做什麼？」我喘著氣問著。

他食指直置唇上要我噤聲，我只得跟著他繼續跑著，在一片大草原上他停了下來，草坪落在一片崖邊，海浪在底下翻湧怒吼著，天空是昏暗的。他要我坐著，我坐。

情人微笑撇過頭看著我，然後他彈著最後所獻給我的曲子，快樂中帶著哀愁，輕快的旋律流露出不捨，聽得心好痛，但我沒阻止他，我希望能聽完這一曲目。

「我好愛你、好愛你、好愛你。」他的聲音被風吹得四散，而音符也落得滿地再隨風捲起飄揚。

「什麼？」我大聲吼著。

「我真的好愛好愛你，小斐。」他也大聲回應著，我在夢裡忽然驚覺到：他、已、經、不、在、了。夢裡的他似乎洞悉了我的想法，繼續落寞地彈著，直到一道光線劃過厚重的雲層射入眼中，亮得我睜不開眼。

從那天之後自己的人生變得不像自己的，開始在我們曾經共有的小窩裡尋找他的影子，感覺他的身影不斷重疊在這屋子裡，彷彿連續的動作般重疊再重疊，隨著陽光灑落一地。他的身影隨著窗簾搖搖晃晃，手一伸，全都消失，海市蜃樓的一切讓悲傷如地底的湧泉一直湧現出來，那深層的悲傷，像水一樣積滿了心裡。為了讓自己的思念不要全在逝去的他的身上，於是在他過世的三個月後，找了一份保母的工作，帶著一個對人不敞開心胸及得到嗜食症的小孩，只要陪他聊聊天、說說話、散散步，或是看著他不斷的進食，這樣就可以。

工作回來，將小黃花放在他和我兩人的合照照片旁，從桌上拿出一盒甜甜圈開始配著自己特調的奶茶喝，習慣將熱水煮燙，倒入紅茶壺中將一壺的錫蘭紅茶葉泡開，約莫五分鐘再將裡頭的紅茶倒出來，配上煮好的鮮奶一起混合，放在桌上等它自然的冷卻後，再仔細平穩如供神般的放入冰箱，等它隔天冰涼卻味道完全融在一起時再慢慢喝。對於他的過世，像泡紅茶一樣的小心謹慎，需要很多道繁瑣的步驟才能肯定對方已經永遠不在。不過，他遺留在這屋內的東西仍原封不動在那，存在感太過強烈，以至於自己常產生錯覺，以為他在下一刻就會摸著後腦杓，不好意思的走進屋子裡來，邊笑著說：「對不起，工作太忙了，又遲到了。」

認識他是在端午那一天，和一個喜歡我但我不怎麼喜歡的人出門，端午節這樣的節日並不會使人群全湧向戶外，百貨公司地下層擠滿了人，和那個喜歡我的人對坐著，兩人都不知該說些什麼好，只好東張西望著。遠方的甜甜圈攤位前有個熟悉的背影，其實對他是不熟的，只是一次公司聚會中他就湊巧的坐在我的旁邊，所以對這樣的人多少有些印象。怕百貨公司裡的冷空氣將我和那個我不怎麼喜歡的人彼此凍僵，索性，將他一起拉了過來，三人隨便聊聊。

他邊吃著甜甜圈，邊煞有其事地問著：「你們知道甜甜圈這玩意是怎麼來的嗎？」

他說著：「是意外，你能想像嗎？」

那個喜歡我的人顯然不怎麼喜歡一個意外之客的介入，他冷冷地說：「你都還沒說，我們怎麼想像？」

他咬掉甜甜圈的一邊，繼續說著：「你知道的，每個船長都喜歡在船上吃著油炸餅──」

他的故事還沒說完，卻又被那人打斷：「沒人會知道這樣無聊的事。」

他搔搔自己的後腦杓笑著說：「是這樣嗎？」我的腦海中還在想像著油炸餅是什麼東

西時，他接著說：「反正啊！每個船長都喜歡在船上吃著油炸餅。」

「這你剛剛說過了。」那人邊用手指敲著桌子邊說道。

「嘿嘿！」他自顧地自己笑了起來，「然後，哈哈！你知道發生什麼事嗎？因為一場暴風雨，所以一緊張將手上的油炸餅往船舵上一插，方便掌舵，所以……哈哈哈。」

那人覺得話題無聊，我順著他的話語想像當時如卡通般逗趣的情形，也跟著笑出來。

「看吧！」他笑得眼淚都快掉出來，「真的很誇張。」

後來在公司見到面，彼此開始有些交集，偶爾的吃飯、見面，到他開始敞開心胸的完全將臉埋在我的胸前哭泣著說：「對不起，我好像愛上你了。」我毫無防備，卻又不知該怎麼做，只是靜靜的抱著他，聽著時間的脈動一分一秒過去，我終於開口：「你有老婆、小孩，我不想讓自己陷入太複雜的關係。」他抬起頭，眼淚縱橫地問著：「你真的這麼想嗎？」他的唇逐漸靠了過來，我閉著眼承受著所有一切的發生，他開始進到我的生命，在我們的小窩中、在餐桌前，裝著金黃液體的杯子反射著燈光，透過杯子看著他，世界變得有點夢幻，整個人像醉了一般。

一日，兩人坐在餐桌前吃著甜甜圈，我笑著：「如果當時船長沒有遇到那個暴風雨，我想油炸餅也不會無辜到缺了一塊吧！」如果當時沒有在那個百貨公司樓下遇到他，現在兩個人也不會這麼安穩恬謐的坐在這裡對看著彼此。他拿起桌上的甜甜圈，要我伸出手，手探過去，他沈厚的手緊緊將我握住，將甜甜圈套入我的無名指，「給你的。」他認真專注的凝視著我說著，眼淚不知怎麼一瞬間滑落下來，他拿起另一個甜甜圈，「不幫我套上嗎？」他緩緩地問，兩人就著一吻，我將甜甜圈套在他的無名指上。這是一場荒腔走板、扮家家酒式的兩人婚禮，但當下我仍是幸福到覺得兩人似乎會這樣一直下去，他永遠都會在我身旁。

夜晚降臨，他存在的氣息越加濃重，打開電視讓房內充滿著聲音，以免寂寞慢慢浸蝕自己的心，常常看著電視在沙發上睡著，他在時，有他在的屋內，我常安穩的躺在他的腿上，看著電視緩緩睡去。到深夜，才發現他也在沙發上坐著睡去，他怕打擾到我的睡眠，動也不動，他緩重的呼吸聲充滿在屋內，這是我們共同的家，我更加的確定。這一晚，如同以往般在思念太過疲累的狀態下沈睡，醒來後，趕著過去照顧小皓，一個得了人際疏離感及嗜食症的小孩。

進到屋內，他母親早已經出門，屋內的食物明顯比昨天少了很多，他稚氣般的跑了過來問道：「阿姨！今天能再帶我去昨天那裡嗎？」

「嗯嗯！」我說。

那個河濱公園，我和他在一起時，常坐在那邊看著夕陽沈入河水為止，在沈入的那一瞬間，他會突然給我一個吻，然後兩人才算真正完成一件事情般心滿意足的回去。

牽著小皓的手，兩人走在路上，他仍然快樂的像隻小兔子般東瞧瞧、西看看。來到公園，他不再像昨天一般要拿起公園裡的花來食用，只是蹲在那邊靜靜地看著那些花。把花一朵一朵的摘起，弄成一束放在野餐籃邊。打開野餐籃，拿出甜甜圈，他拿在手裡不像之前急著把食物下肚，他把甜甜圈拿在手上，突然像發現什麼似的，要我將手伸出來，他邊說著：「阿姨，甜甜圈的空洞這樣就能補滿了。」他緩緩地將甜甜圈套入我的無名指，那一瞬間我以為他又回到我的身邊，我哭了，緊緊的抱住小皓。

「阿姨，你不要哭，等我長大我會好好保護你的。」他稚氣的臉，有著他的影子，公司同事說從他過世之後，他的老婆照顧不來孩子。小孩生了病休學在家，一天到晚不停的吃，看了很多的醫生都沒用，需要聘請一個保母，幫忙照顧孩子。聽到這個消息，我辭去了工作，到他家慰問一番並且應徵這份工作。如今小孩看起來似乎真的擺脫掉對食物的依賴，小皓堆滿笑容的臉拿起那一束花，放在我的手心，「阿姨，上次你摘了很多花回去，這一次你不用摘，我幫你準備好了。」

午後陽光清澈，藍天中白雲飄過，讓我想起希臘，該去那走走，看看藍與白的世界。望著一片蒼穹，在自己的生命中，不知道該感謝哪位造物者讓自己那麼的幸運。雖然擁有過他又失去，但他給我的卻是深植在心裡的，許多的快樂不會因為他不在而消失。心裡想著該感謝老天讓一個男人豐富了我的生命，另一個男孩治癒了我心裡的傷痛。和小皓坐在河濱公園吃著甜甜圈，小皓的身影彷彿和他重疊，小孩走出了嗜食症的陰影、我走出了感情的陰鬱、我想他的老婆也一定能面對失去他的事實，所有的一切都會很好，我看著一望無際的天空，手裡拿著小皓為我摘的小黃花，如此堅信地想著。

夜裡，城市的聲音

整棟大廈四面八方的細碎聲音開始像從天上掉落的雪花片或從海底浮升的泡沫一樣將他緊緊包住。原來，那些聲音一直以來都存在，只是大家都像沈睡的種子一樣靜靜的埋在土裡，躲在溫暖黑暗的地方。

黑夜像貓，群群趴伏往空中層疊，天上星子是牠們利銳的眼，直盯著城市的每扇窗。他往窗外看去，每棟大樓成了開閉著眼的百目鬼，每隻鬼孤零零地萎縮蹲踞在夜裡的隨意角落。

貓的眼，鬼的眼。

夜，不如他想像中的寧靜，總有更多細微的聲音從四面悄然接近，門外的電視聲、老爸、老妹及那女人的笑聲像蛇般從門縫底下鑽了進來；隔壁的潑婦聽起來又在打她行動不良的老丈夫，老頭此刻只能以無止境的哀嚎來作為抵擋的盾牌。但在潑婦心底有把火，哀嚎卻如柴火，越堆積上去那團火燒得越旺，哀嚎又更多，俐落的鞭笞怒罵聲和哀嚎聲將隔著一層牆的他層層疊疊的掩埋。

〈少女的祈禱〉的樂音從窗外街道旁攀升到他的窗，悄然拍動翅膀一個接一個進入他深邃耳道，少女們在他多迷成旋的耳蝸內旋轉、狂舞、歌唱著。他嘴中的聲音規律且逐漸加大，喃喃著，如同誦著經驅趕著四界八方的妖魔鬼怪一般念著：「國父反對生存競爭、優勝劣敗。他認為人類社會應以社會道德，以有餘……」

窗外，又是一陣聒噪刺耳的喇叭聲貫穿他兩邊的耳朵，像要將他串起一樣。他低啐了一聲：「搞屁！吵啥！」將iPod耳機戴上，阻隔所有雜亂聲響，現在他腦海中需要的不是這些漫無章法的聲音訊息，而是地理、歷史、三民主義、國文、英文、數學。不管此刻他塞了多少內容進去，下一刻，之前剛背誦的那些彷彿從記憶裡的篩子中被篩落，遺忘了，他只得繼續不停努力、漫無止境著。

他突然瞥見門把顫抖了一下，他凝視，微小的聲音透過那扇門、透過他耳旁蹦跳的音樂沙沙似的刺了進來：「阿和！出來吃水果啊！」

是那女人的聲音，他將頭轉正，眼神落回到書上，接著門像是有生命似砰砰跳動著，越來越劇烈，終至他無法忍受站起身來，轉開門鎖。那女人的聲音像是電玩中人物發出的固體氣功一樣迎面而來，他被擊中，微偏過頭，接著電視節目的聲音和老爸老妹的笑聲像是一連串的鞭炮聲響，將他炸得渾身不舒服。

「幹嘛？」他問。

「出來吃水果啊！」那女人說著的同時，仍小心的將眼神瞥到電視節目中，強忍住要笑出來的神情，又變回關心他的模樣說著：「讀書讀那麼久不好啦！先休息一下下吃點水果！等會再繼續讀。」

「書不是你在讀、考試不是你在考，你有什麼壓力？有我老爸每天養你，你只要整天在家裡煮飯、洗衣、打掃房間、洗碗，做這些不用腦筋的工作，你當然好啊！我高三了，現在是關鍵你知不知道？不要來吵我啦！煩耶！」說完他旋即將門反鎖上，回到書桌前仍聽見那女人的抱怨聲和老爸的安慰聲融在三流可笑的電視劇情中。

「靠！臭婊子在那邊裝什麼慈母，哇咧吾愛吾家咧！才不吃這套，來我家、吃我家、住我家、上我老爸，還想作我老媽，連那個死白痴智障老妹都被唬得一愣一愣，靠！只要等我考上大學馬上搬離這個鬼地方。一群智障鬼，沒一個正常。」

隔壁潑婦大概練夠身體，沒再聽到老頭的哀嚎，據老爸、老妹，還有鄰近那些三姑六婆的情資顯示，那個潑婦是老頭從大陸迎娶回來的美嬌娘。傳說她為了早點奪得老頭的遺產，每天都在飯菜裡下一點家鄉帶過來的毒，老頭現在會中風不能動，只能叫，就是因為那潑婦下的毒。阿和想那些三姑六婆大概也都是智障鬼，下毒？什麼年代了還有人下毒，大概那老頭娶了個美嬌娘，每天都要來一發，後來馬上風，就馬上中風啦！老色鬼，中風活該。他曾經觀察過隔壁的潑婦，每天晚上八點過後就會出門，隔天凌晨一、兩點才會回家，也可能不回來。

「這一段時間她一定是去討客兄！」他得意的推測，邊快樂的坐回自己書桌前，繼續與未來的人生征戰。

一天晚上補完習回到家門已經九點，阿和瞧見隔壁門把上留著一串鑰匙。有時補習回來會遇見潑婦剛好要出門，身上的香水像是農藥彌漫在四周，教他喘不過氣來。濃豔的妝配上大捲的頭髮，直以為她是從六〇年代的上海走出來，老是穿著那幾套旗袍，一扭一擺的下樓從沒正眼瞧過他，他也不會正眼瞧她，偶爾還是忍不住瞥向她抖動不已的奶子。他知道鑰匙肯定是她要反鎖老頭時不小心留下來的。他朝上、下樓梯間望一望、瞧了瞧，確定沒人後，好奇的將鑰匙轉動。「鏗啷！」外門一開，再打開大門，一個黑色的影子就橫亙在眼前。他嚇得差點將書包丟了就跑，不過那東西一動也不動杵在門前中央。仔細一瞧是那個老頭，像蠟像只有嘴巴微微開著。

他看過沒中風前的老頭，可是不熟，每次在樓梯、在騎樓、在商店看到他，他的一隻手總緊緊的貼在潑婦渾圓屁股上，那時潑婦還不是潑婦，不過是隻溫馴無害的小貓咪。如今不同了，大野狼成了圈在牆裡動彈不得的老狗，而貓一下子變成了豹，更加冶豔也更加兇暴。

他走近更加仔細瞧老頭，不知道潑婦為什麼要將老頭推到門口前顧門，而且他明明都已經中風不能動，看來甚至是連說話都不能說，為什麼還要每次將門反鎖？好像深怕關在籠中的金絲雀跑出來一樣。就算老頭跑得出這扇門，也無法自己進去電梯、下不了樓梯，更不用擔心什麼逃跑這類的問題了。阿和將臉靠近老頭，他注意到老頭臉上皺紋多得像是可以將整排螞蟻夾死，眼睛無神看著前方，阿和將手探到他鼻翼前，感受到緩長而柔細的呼吸。

突然，老頭開口：「欸！隔壁的小子能不能幫一個忙？」

阿和一直以為老頭不能動不能說話，沒想到老頭突如其來的聲音，讓他整個人往後踉蹌一大步而摔倒。

「小子你是看到鬼是不是？那麼沒種，怕什麼？想我在你這個年紀的時候已經在打共匪，怎麼現在的小子那麼孬。」

「幹！看到你這半隻腳踏進棺材的鬼，還會開口說話，不嚇死才真的有鬼。」阿和不服輸、直挺挺的立起身子問著：「幫什麼忙？我自己也很忙，沒空的。」

他注意到老頭斜歪著嘴慢慢說著：「小子你去多打一份門上的那串鑰匙，下次那個女匪諜出去，你進來我再跟你說。」

阿和躊躇著，完全不知道是怎麼一回事，老頭繼續說：「放心好了！屋主是我、鑰匙是我叫你打的、人也是我請你進來的，所以別擔心。」

他覺得世界在自己眼前開了一個詭異的黑洞，黑洞裡面有些東西正在蠢蠢欲動，他其實想低下頭看仔細甚至到那黑暗裡頭，但還是害怕未知的東西。而現在，手上的那串鑰匙要不要拿去備份就成了重要的關鍵，如果備份了，就代表從此擁有隨時召喚出黑洞的鑰匙；若沒有，似乎所有的一切都會回復到原本的生活。「……每個大箱子成本六十元，每個小箱子成本二十元。試問能將這一千八十粒的酪梨剛好裝完……」歷屆聯考考題裡的文字似乎化成一隻隻飛舞的天使，將他緊緊圈住，不讓他受到傷害且指引著他未來光明路似的，阿和心裡確信在平凡且該死的日子中更需要一點不同。

背後傳來老人的聲音：「打完鑰匙你留著一付，把原本那個放回到原來位置。」

當他真正踏進自己家門的時候，「一家人」又和樂融融的坐在客廳看著電視，那女人正拿著水果餵他老爸。他心裡想著自己的老妹活像個智障鬼只在旁邊看著電視傻笑，老爸也差不多，看他們兩個除了看電視之外大概什麼也不會做。他心裡更加肯定那女人一定是下蠱把他老爸和老妹弄得服服貼貼，所以現在才能肆無忌憚的進駐到他們家裡頭。那女人遲早會變成像隔壁潑婦一樣，現在像隻可親的小貓纏著主人，以後就變成兇狠的虎豹一口吞噬他們全家。

那女人輕聲問著：「阿和！吃過晚飯了嗎？」

他沒回話，手插在口袋裡握著那冰冷的鑰匙，他確信自己已經掌握了某種可以脫離無聊人生的關鍵。冷冷的進到自己房間，繼續背誦著唐宋八大家、詩書易禮春秋各有幾章、幾卷、什麼年代、由誰所撰，那些比芝麻更加瑣碎的知識，一直到凌晨一點多，隔壁又傳來老頭的哀嚎聲夾著不知道幾樓的麻將聲。

今晚的夜，貓閉著眼，厚重的雲層背後傳來幾聲悶雷，接著雨聲淅瀝，所有的聲音又被掩蓋，城市裡的百目鬼也閉上一隻隻的眼安眠睡去，沒人在乎城市裡的任何聲響以及即將發生的事。

「那老頭究竟在想什麼？」阿和看著歷史課本，裡頭的亞歷山大和拿破崙的照片並沒有回答他的問題。

隔天他補習完匆忙回到家，按了隔壁電鈴後趕緊跑上樓躲起來，看看潑婦在不在。顯然的，她已經出門去了。阿和拿出口袋裡的鑰匙大搖大擺的走進去，老頭還是停在同樣的位置，看起來像在等待他的出現。

「老頭，做啥每次都停在這裡？是你口中那個女匪諜搞的，還是你自己要的？」阿和說完便不客氣的逕自打開冰箱，看著冰箱內的飲料猶豫一會，老頭身影也跟著晃到他的背後。

「冰箱裡的東西都能喝！」

「你不要像鬼一樣飄來飄去！」說完才注意到那老頭的右手還能控制電動輪椅的開關，「你還能動啊？」

「剩下右手能舉起放下，就這麼高，再高也沒辦法，還有嘴巴能說話、能吃東西而已，其他的全靠別人了。」

「為什麼不請個菲傭照顧你？」

「你以為我為什麼每天要在那邊『唉』？以為我不能動了連面子都不用顧了？還不是那個女匪諜看我中風，一開始還拚命照顧我，甜言蜜語叫我告訴她郵局存摺密碼和印章放在哪裡，我哪有那麼笨。不過一開始看她假情假意的幫我清滿地的尿和滿褲子的屎，現在想起來還是覺得很好笑。」

阿和喝著飲料發現老頭說得激動，似乎整個身子都顫抖起來，只差沒站起來。

「我沒有給女匪諜半毛錢，所以她現在還在這邊跟我耗，不是精神折磨就是肉體折磨，老子打過共匪，哪怕那個女匪諜對我嚴刑拷打，反正老子我不死就跟她耗下去，她拿不到半毛錢也拿我沒輒。我既然把錢緊咬著，她拿不到，而我現在這模樣也不管用，怎麼請菲傭啊？你這小子還真可愛。」

「我這小子真可愛，可你這老頭真可憐，年紀一大把，臨老入花叢，還入錯了花叢，看吧！把你扎得連動都不能動。」他又拿出冰箱的一小塊吃剩的蛋糕吃著問：「既然從你身上得不到錢，那她留在你身邊有什麼好處？還幫你準備吃的咧？別鬧了好不好！我看她每晚都花枝招展的出去，三更半夜才回來，她不會自己賺自己吃，還養你咧！」

老人眼神像隻狐狸地說著：「她不養我，我還能叫，還能告她遺棄，把她休了，讓她半毛都拿不到滾回大陸。她說不過我，也拿我沒辦法，就是看我不能動，所以才猛打我，幹！等哪天老子能動的時候就換我幹得她歪歪叫，打你老子，操她一輩子。」

「好啦！老頭別氣了，打打嘴砲也就夠了，反正你中風前也爽夠了，爽夠總要付出一點代價，乾脆一點把錢給她，她不就乖乖重回祖國的懷抱，你也就解脫了，說不定政府看你可憐還會送你去養老院，怕啥？不會比現在更慘啦！」

「老子打過共匪，去什麼養老院！老子就是要跟那女匪諜耗到底。」

「人家附近的三姑六婆都說她每天餵你一點毒藥，我看你還是乖乖的把錢雙手奉上給她，把那瘟神請走，不然到時你死了，財產還不是自然而然的落到她頭上去。嘴巴上耍狠，狠不了多久。」阿和塞完最後一口蛋糕看見冰箱裡面沒食物，又見到錶上時間已經過了四十分鐘，於是急忙說著：「老頭，小子我要先蹺頭了！好好保重啊！需要小子我支援，我會幫你的。不過小子我可是國家未來的主人翁，還有千斤萬石的書本壓在我肩上，沒那麼多時間跟你閒瞎聊，明天再來找你。對了，你這邊電話幾號，我先打過來，確定沒人接再來找你。」

阿和拿出紙筆抄下老頭說的電話便又一溜煙的關起那黑洞，回到他現實的家庭生活中。進到家門，他猜老妹那智障鬼今天看來不在，不然就是在房間看那什麼白痴才會看的漫畫，那女人刻意像是示威的依偎在他老爸懷中，且又假裝好意地問：「阿和！你這兩天怎麼好像都比較晚回來？」

「怎樣？不能先去散散心再回家啊！還是你希望我乾脆就不要回家，你最爽？」那女人嬌嗔地對阿和老爸抱怨：「你怎麼說這種話？」

阿和老爸才剛要插上話，他已經逕自回到自己房內，一陣寂靜之後他又開門探出頭來說著：「反正看是你先走還是我先走？你不走也沒關係，等我考上大學我就自己滾，考不上大學，我也自己滾。還有老爸我跟你說啊！老媽還沒死，你就把那女人帶進門，等老媽死了你看那些親戚怎麼說話，不要以為所有人都沒有眼睛沒有嘴巴。你最好先看看隔壁那老頭娶了大陸妹，現在中風之後變什麼模樣，你睜大眼睛看看現在的枕邊人會不會像隔壁潑婦一樣，不要到時你叫我救你，我可遠在天邊救不了你。」

阿和最後那幾句話說到他老爸心坎裡，讓他老爸打從心裡打個冷顫。

晚上的貓叫著春，像是嬰兒一樣嚶嚶的哭泣聲，向另一半尋歡，在半夜這樣的聲音令人心煩，他窺探著窗外的一切，看到一輛車停在對街，駕駛座的男人與一個女子擁吻。「真他媽的瞎！」他嘴裡咕噥仍不忘仔細盯著，大捲髮配著旗袍的身影忽隱忽現，一看就知道是那潑婦。車子前方的一隻公貓佔據了街道，卯起勁來叫著，他看了聽了更是火，衝到浴室提了半桶水，一使勁就將水往街道上潑，公貓驚嚇得跳離從天而落的水忘了叫春，只喵喵抗議似的叫了兩聲，便飛也似的逃竄。而潑婦也被突如其來的水柱給嚇得抬頭望，阿和故意對著街道喊著：「死賤貓，叫叫叫，叫什麼勁？很爽是吧！我讓你從頭涼到爽。」

一會，他見到潑婦搖曳著過街，像怕阿和突然倒水下來，不時的抬頭快步走過，阿和搗嘴笑著：「知道怕就好。」

一場惡作劇之後還是又把心思放回到經濟地理上頭，「奇怪，大陸的經濟作物關我屁事啊！」阿和雖然沒有什麼政治立場，不過直覺與其重返祖國懷抱後要多背那麼多東西，不如只要管好自己島上的事就好。

更何況，這城市裡的人都只管自己的事。

每個暗處只躲著貓的眼，鬼的眼。

每個人都只冷靜且冷漠地窺看城市裡的一切。

夜有點深，他想到在療養院裡的母親，墜樓事件讓他母親變成植物人，靜靜的如同植物生根發芽，母親緊緊的將身子釘在雪白病房床上，一動也不動，他母親倔強的不論阿和、他老爸及他老妹怎麼哭喊，都決意不再起床。某一年他老爸生意失敗，家裡被逼債逼得過火，他母親從大廈頂樓跳下去，沒死成，成了植物人。「靠！怎麼那麼笨，要跳樓至少要選十五樓高度，這大廈不過十二樓，真要跳還要加個十樓吧！」他的眼神不再繼續在課本上，而游移到夜空黑幕上的星子，阿和繼續叨叨地說：「真笨呢！結果哩！老爸還不是捱過來了！如今可好了，債務還清了，公司業績現在可好了，老媽你這個嘮叨的黃臉婆沒了，又有一個漂亮的狐狸精住進來，真冤枉，我看再過幾年等你死掉之後，老爸就名正言順把那女人娶回家了吧！」

城市裡的大廈宛如沈穩呼吸著的貓，靜靜的潛伏在這都市叢林之中，幾盞燈又被打開，幾盞燈又被關閉，依著某種無法察覺的固定頻率起伏著。沈靜的夜，突然「啪」的一聲，有節奏似的又從隔壁傳了過來。「今晚那老頭沒叫呢？」他想著，「硬漢一條，果真是打過共匪的！」打開iPod將音量開得偌大，一直到鼓膜也隨著音樂一起震動為止，他總算把夜裡所有的聲音都摒除在音樂之外。

又是一天，他進到老人家裡，開口便問：「你昨天很耐操喔！被打了那麼久沒聽到你在叫！」說完還是一樣從冰箱拿出一隻雞腿，咬了一口，「呸！臭掉了！還留在這裡給你吃啊！那女匪諜真狠。」

「屁啦！那娘們昨天來陰的，先拿膠帶把我嘴巴封起來才開始折磨我，我操！那幾下哪耐得了我？我被共匪的子彈在身上轟了幾個窟窿也沒哼過一聲……」

「那平常被打，你還唉那麼大聲做啥？」

「叫爽的啊！她打我，打得我渾身酥癢，爽了就叫，叫了，她就更用力打，就更爽。小子不懂老子的快活。」老人哼地說著。

「等你哪天被她活活打死之後，就更沒有人知道你有多快活。但你放心，小子我會跟其他人，包括跟來調查的警察說那老頭他是爽死的，爽翻天，就死啦！」冰箱沒太多東西，阿和只好勉為其難的喝了最討厭的罐裝蘆筍汁。

「你這小子還真有趣！」老頭吃吃地尷尬笑著。

「你這老頭還真可悲！」他努了一下嘴，「要不要我幫你把她幹掉？」

「用什麼？」

「刀子好了！等她睡覺，我拿鑰匙進來一刀捅進她肚子裡，不不不，先把她綁起來好了，再把你叫醒叫你一起看……」

每個人的心底也有著貓的眼，鬼的眼。

準備撲向獵物的眼、滿懷惡意的眼。

昏暗的房間裡頭，他說著話的同時，想到病房裡成為植物人的母親，她不說話只是躺在床上鼻子插著呼吸管，整個肺部被機器用力的擠壓而挺了上來，然後機器將肺裡的空氣抽了出來，她的身子便又整個扁了下去。那時阿和站在病床前面，他老爸老妹在旁邊靜靜的不說話，他的手摸著母親的臉，沒什麼反應，但像是有一絲絲的抽搐。

「媽！是我阿和啦！你有聽到嗎？媽，起床了啦！該回家了，老爸笨手笨腳不會煮飯，煮得很難吃，你回家煮飯好不好？媽！」

他的手摸著母親的臉，想著：「一定是這個東西讓老媽不能行動。」

他打算拔掉這個東西，心裡想著：「這樣老媽就自由了！就真的自由了！」

老頭的話打斷他現在的計畫和過往思緒，「你這小子讀書讀瘋了啊！不要說這些五四三的話，今天能不能帶我這個老頭去樓上吹吹風，很久沒有從大廈頂樓眺望整個城市風景了，感覺自己都快變成畜牲整天被關在籠子裡。」

「三隻腳殘廢，只剩一隻腳能抽搐還有能吠吠叫的畜牲嗎？」

那老頭犀利的嘴一下子靜了下來，阿和驚覺到剛剛自己的話語太過殘忍，於是轉換語氣說著：「走吧！我帶你去！」

「等等！我房間抽屜有包菸幫我帶著。」

他將老頭抽屜裡的菸和打火機塞進口袋裡，推著他的輪椅離開那個黑洞，進到外面現實的世界，外面現實的世界有點涼，一直都是，大概大廈的風一直在這之間流轉出不去的關係。他推老頭進電梯一下子就到了十二樓，頂樓沒人，只有一隻巨大黑貓蹲踞籠罩著整個世界，而黑貓睜開一隻銅鈴鵝黃的眼直盯著他們。

「小子，幫我點根菸，很久沒抽了。」

阿和在黑夜中笨拙的點了菸頭，用嘴吸了菸嘴一口把火引燃，再將菸遞到老頭嘴前，老頭吸了一口，深而沈穩然後再慢慢、慢慢、慢慢地吐出，那些煙全成了四處散飛的灰白小蟲子往黑夜中逸去，阿和揮了揮手，把灰白小蟲子全都揮得煙消雲散。

「你要不要來一口？」老頭問著。

「老頭，我可不要像你一樣那麼早死！你留著自己用吧！」

「小子！你沒聽過棺材裡面躺的是死人，不是老人。說不定你這小子……嘿嘿嘿！」

「我這小子長命百歲，嘿嘿嘿！」他將老頭嘴上的菸取了過來，並不抽，只是將它在黑夜中亂晃，在眼底留下一道又一道螢火蟲飛舞後的痕跡，然後咻的一下，把它甩到大廈頂樓外去，那菸以絕佳的拋物線劃向天際，然後墜落，接著消失。

「吸兩口就夠了吧？我可不想吸到二手菸而得肺癌。」

「你這小子……」

「說吧！你要我幫你什麼？總不是要我每天開門去你家串門子陪你那麼簡單吧！」他問著。

空氣中凝著一股寂靜，他的問題彷彿被拋在路上沒人去撿拾一樣，那老頭只是靜默不回答，阿和抬頭望向天上，一顆流星劃過夜空。

「嘿！城市裡還可以看得到流星勒！光害不怎麼嚴重嘛！」

老頭說著：「那是飛機的光線啦！」

星星朝著他們飛來，光線越來越清晰。

「SOGA，不過我已經許好願了怎麼辦？」

「當作預支啊！下次看到再還就好了。」

「哈！你這老頭還懂得幽默啊！」

老頭突然正經的說：「幫我自殺，把我推下去行不行？」

他愣了一下。

「行。」

那一天阿和在他母親病房前，他想著關於自由這件事，突然間所有人尖叫起來，他低下頭才發現自己手裡拿著插在母親口鼻中的管線，母親像脫離了絲線的傀儡。仍是，動也不動。

「沒有自由呀！」他在心裡忖度著。

「媽！你站起來啊！我們回家啊！你回家煮飯給我們吃好不好？」

「哥！你發神經了喔！」

「阿和阿和！你在做什麼？護士！護士！醫生！醫生！救命！救命！快救命喔！」

如傀儡般癱下的母親，在一陣手忙腳亂接好絲線之後，仍然不動，但身體又回復到固定的起伏，他知道，自己的母親永遠不會再有自由的一天了，母親沈重的呼吸聲像蠕動的蟲一樣，一條一條慢慢的爬進他的耳內。蟲產下許許多多的卵，那些卵經由他的眼睛全洩了出來，一顆接著一顆，打散在雪白的病床上。

幾顆貓眼自天空雲層探出閃爍著，城市大廈裡的幾盞鬼眼睜開。

「行！」他又肯定堅決的說了一遍。

然後像是某個行程表似地說：「先幫你自殺，再幫我老媽自殺，再拿刀宰了我老爸旁邊那隻狐狸精，再幫你宰了那個死賤貨，我再殺了我自己……」

「小子，別激動，年紀輕輕的，老頭我開玩笑的。我還有大好前程，你可別害我啊！」老人乾乾地笑著，彷彿笑得不完全一樣。

星子又被掩蓋，幾盞燈閉上。

「喔！老頭你別擔心了！我不好斷送你的大好前程，也不會毀壞我的瑰麗人生的，小子我也是開玩笑的，我才沒心思害人，讀書都來不及了。」他低頭看了看手錶：「好啦！『時間咻的一下又過去了，大家有時間再相逢了！』老頭，我要回去讀書了。」

「嗯！」

他再次開啟了黑洞把老人送進去之後，自己又回到現實生活中的家，老妹突然靠近他說著：「爸！老哥身上有菸味耶！」

「菸你個頭啦！」他學他老妹的動作，在她身上嗅啊嗅然後說著：「你身上有奶味啦！乳臭未乾，滾開！」在他老妹還沒像條小狗尾隨之前，他已經把門關上，把家，阻隔在外。

門內是他的世界、門外是他所不想見到的世界，而鄰居的那扇門是個只有無限黑暗的世界。

深晚的英文他背得流暢，尤其是早安、牛、牛仔，他依序念著「牛沒奶」（台語）、「靠」（COW）、「靠!-BOY!-」（COWBOY），他加上音樂之後把英文開始營造得像是HIP-HOP，因為隔壁的潑婦又在練身體，不知道在出氣還是在取樂，只是這次老頭叫得大聲，到後來iPod的聲音已經掩蓋不住老頭的呼救聲。

貓被驚醒，百目鬼也陸續睜開眼。

附近的鄰居有幾個已經蠢蠢欲動，在睡覺的人家把燈撳亮，整棟大廈裡的大家似乎都在蠕動著不安的身軀，但這夜，卻異常的安靜，大家還在等待。

「靠！那老頭不是很爽嗎？我想真的快爽死了吧！連救命聲都出來了耶，之前還說不屈服，看吧！女匪諜啥都厲害！」阿和心裡先嘲笑老頭一番便朝著窗戶外解放所有被壓抑的情緒大喊著：「死婆娘、臭賤屄，你有種就活活把那老頭打死，我再報警來把你抓回去大陸槍斃。靠！我在讀書，吵個屁啊！」

潑婦不甘示弱的說：「我就是開心打他，你拿我怎樣！」

「不怎樣！你有種再敲他一下我就敲我自家的牆壁一下……」阿和惡狠狠的將原本要拿來丟樓下那隻最近每晚都在叫春，擾人讀書的貓的榔頭，往自己牆壁試敲了一下：「你敲他十下，我就他媽的狠狠敲我家牆壁十下，要嗎？你最好在我把牆壁敲通之前先把他活活打死，不然等我把中間的洞敲通了，你就死定了。沒牆壁敲，我就拿這榔頭敲你他媽賤屄的頭。」

他老爸、老妹，還有他老爸的女人緊張的衝進他的房間，安撫著問：「怎麼回事？那麼激動？」

「怎麼回事。你們是聾子啊！家旁邊要死人了，整天只知道看電視，看個屁啊！等隔壁有人死了，你們再化好妝來回答記者的問題是不是？怎樣？只要我好好讀書不給你添麻煩，光宗耀祖你就爽了是不是？」

「那是人家的事，你做啥這樣？把鄰居關係弄得那麼僵，將來大家難見面啊！」老爸的女人勸服著他。

「人家的事？我告訴你，她那賤屄整天在那邊打啊打的，打得我不爽啦！人家的事，就是因為人家的事，我更要助一臂之力，在人上加上一橫變成大家的事，你懂不懂國字啊？你懂不懂人權啊？你懂不懂事情的輕重緩急啊？更何況那是『我』家鄰居，不是『你』家鄰居。」

潑婦在一旁隔著窗戶大喊著：「我要告你！你……你……你……」

「你……你……你……一句話都攏不知影按怎講，我告訴你，老子今天跟你槓上了，明天我上學之前還有放學之後沒聽到那老頭的聲音，我一定報警說你家暴，說你謀害親夫，要他們強制把門撬開進去救人，到時你半毛遺產都別想拿。」

整棟大廈四面八方的細碎聲音開始像從天上掉落的雪花片或從海底浮升的泡沫一樣將他緊緊包住。原來，那些聲音一直以來都存在，只是大家都像沈睡的種子一樣靜靜的埋在土裡，躲在溫暖黑暗的地方。

潑婦沒再說話，他也安靜下來，他老爸才剛要開口，阿和又急著將他們送出去。

「反正是人家的事嘛？不關你們的事，快去睡吧！跟那潑婦耗，浪費我的讀書時間，時間不早了我也要睡了，你們也快睡吧！」

沈靜的夜裡，他聽到自己蒙在被子裡的呼吸聲，想到療養院裡頭的母親，那不動如娃娃傀儡卻又不斷年老中的母親。如果有一天，她突然醒了過來，而記憶仍然停留在自殺那一年的時候，那該會是怎麼樣呢？當她站在鏡子前時會不會嚇了一跳，以為自己誤開了浦島太郎手中的寶盒，一下子年華老去。

他喃喃著：「那老頭一定是之前打共匪，所以現在才會被女匪諜打，果然，老天有眼啊！老頭啊老頭！我知道你如果聽到我說這番話一定很不服氣，撐著點，小子就要來救你了，不過小子也得先救救我自己。考試如果沒考好，可沒有人會像我可憐你一樣可憐我，像繞口令是嗎？沒辦法，書讀來讀去都是那幾句，讀久了就像念繞口令，在我能救你之前我還是每天會撥出一點時間去陪陪你看看你，可千萬別被女匪諜打垮啊！」

隔天他睡過頭，急著上學，根本忘記要確認老人生死這件事，晚上一回家，打了電話過去，確定沒人接之後才拿出開啟黑洞之門的鑰匙，熟悉的黑影不在眼前，所有原本該存在的物體都像被黑洞給吸進去一樣全部都不復存在。進到老人的房間，他的桌子也消失，更不用說那包菸，冰箱當然也沒有了，阿和覺得口渴得不得了，卻找不到可以喝的東西。

夜，仍像貓一樣蹲踞在那，一弧銀色彎鉤如貓的笑臉覷著天空底下成千上萬的鬼。大廈其他樓層的聲響也一個個的跳散開來，把他當成營火，圍繞著他跳著快樂的舞，底下〈少女的祈禱〉音樂又響起，少女們拉著所有丟垃圾的人像是要一同起舞，夜裡的城市仍是熱鬧，少了一個老頭的屋子如同一個巨大的黑洞，無言的吸納所有聲響，包括自他臉上掉落在地板上的滴答聲。

有風

看見林操控電動輪椅像跳舞一樣原地轉圈，遠遠的，似乎可以聽見林的聲音，尖尖細細像長不大的孩子一樣的歌聲，他一路往家的地方去。

夜風，習習吹過校園的桂花，小小花序像炸開煙火在夜裡隱隱發亮爆發出沁人香味，留著晚自習的同學不多，過了晚上九點，同學聚焦課本的心已經飛散，三兩起身往教室外走去，或許宵夜或許聊天或許前進操場或籃球場。望向操場，籃球擊地的聲音響透，從遙遠那一方夾雜著其他人的笑聲而來，我在日光燈下低頭與書本發生親密關係，溫柔閱讀甜蜜書寫，把筆記當成戀人絮語一字一句的吟詠在內裡，剩下林和我。放學後的教室，空間不似白天的絕對，我把兩張桌子併在一起，可以大方的把自己的紙筆、課本、參考書、筆記本放置在同一平面上，不需要翻箱倒櫃只要伸手就有，看到一半的書可以放在桌面角落不用塞進抽屜或是放在地板，晚自習的教室裡，我把自己當成佔據教室一方的小霸主。

我跟林不熟，以前他也不會留下來晚自習，最近晚上看到林讓我有點意外，位於市區第一志願的男校並沒有什麼特別，但是林卻很容易引起別人注意，他坐在電動輪椅，第一次看到他讓我有點訝異，甚至一度以為他會很自卑。意外的，他比我曾經認識過的人都還要開朗，下了課，他會和許多人分享許多笑話，他小小的身體看起來像長不大的孩子，我一直以為他蝸居在不合身的寄居蟹殼，看到林的模樣會讓我有點不知所措該怎麼跟他應對，總覺得言語要特別注意，幸好我也不需要花時間去和他相處，我們維持在一個安全的距離。

我知道林熱愛寫小說，他喜歡奇幻文學的輕小說，體育課時間當同學在校園操場、游泳池、籃球場時，他一人會安靜的窩在教室裡，一次我鬧肚子疼得厲害，在舒靜的教室裡只有我和他兩人，我忍痛趴在桌面上休息，窗外夏蟬叫著，彷彿催促夏天快點來到。風把許多聲音細細編織串進我的耳內，我微微睜開眼看著前方的他抖著手一筆一劃用力的像用刀刻竹簡，在筆記本裡的他現在是什麼角色？正在進行怎樣的冒險呢？我閉上眼聽著他筆尖用力摩擦紙張的聲音。

關於林，我知道的不多，雖然同學們會傳耳語，但是大家的訊息都差不了多少，只知道他得了肌肉萎縮症而且現在由祖母照顧，直到前幾天新聞記者來訪，也替林和他祖母還有導師及校長拍了大合照，林和他的祖母似乎才是主角，但是導師和校長很像電視上搶鋒頭的女明星，盡可能的把自己塞進那張照片裡笑著。林到不久前都還是用傳統輪椅，每天早上可以看到他白著髮的祖母推林到學校再到教室裡，幫林將東西一一擺放整齊後才鞠個躬離開，祖母在林耳旁溫柔交代幾句，林微笑點頭，在那時我總在想林的父親和母親呢？

一週後，林的新聞上了報紙，記者給他好大的版面，但是他只佔了好小一塊，報紙裡可以看見導師和校長笑著的臉，還有林的祖母那張帶著皺紋卻溫柔的神情，同學偷偷傳閱著報紙，我們才知道原來小學二年級的林走路東倒西歪，到了小三被診定出得了肌肉萎縮症，同時期林的父母離異，之後林就由祖母一手照顧，到了小四林的一生就注定要在輪椅上來去了。林的繁複人生在記者手中簡化成一篇故事，小小方格中，林帶著一樣樂觀的表情，我不知道為什麼他不恨。如果是我一定早就受不了了吧！

換了電動輪椅後的林活動力比之前好多了，已經可以在校園裡「開快車」和同學開玩笑，每天早上不會再看到他祖母的身影，只見他一個人來一個人回去。一次的放學我刻意和林保持一段距離騎著自行車跟在他後頭，他沿路點頭招呼問好，彷彿每天都該那麼美好。偶爾紅燈時，他會抬頭看看天空，不知道他是想擁有自由或僅僅是擔心天氣的變化，畢竟下了雨，對他的行動一定有很大的限制。有些路段，沒有什麼車的地方，看見林操控電動輪椅像跳舞一樣原地轉圈，遠遠的，似乎可以聽見林的聲音，尖尖細細像長不大的孩子一樣的歌聲，他一路往家的地方去。此時路上阿勃勒都爆滿了炮竹般黃色的花穗，一串串懸掛下來，把整條馬路炸黃，隨風飄送一些黃金雨片，林穿梭在阿勃勒底下似乎就會消失在這條馬路盡頭。

最後，林回到家，我看見那個和藹的祖母坐在門前等他，接著拄著助步器，一小步一小步的踏進家門，門內走出一個肥胖身軀的婦人神情和林的祖母有幾分神似，連溫柔態度都一樣，小心的扶著林的祖母邊問著林今天學校生活如何？小說進度如何，什麼如何如何？音量隨著進到屋內漸輕，輕到已經聽不到任何聲音，我在一段距離之外等著，我也不知道等著什麼。我看了好幾分鐘後才又再度踏上腳踏車使勁的踩，踩過那一片黃金地，逆著風的方向返家。回到家母親還在加班，母親的男友在廚房料理晚餐，他有點尷尬問著：「Eric吃飽了嗎？」

「嗯！我回來拿個東西還要出門讀書。」

隨意拿了點東西把書包又塞得鼓鼓，便急著出門，一路騎到火車站前的廣場，我選了位置坐下，許多人來去，周遭坐著許多外籍勞工，他們聚在一起嘻嘻哈哈，遠渡重洋的他們都沒有煩惱嗎？是不是來台灣工作就是他們的夢想呢？我覺得某種角度上我很羨慕林，雖然他的身體受到限制，但是他卻能藉由紙筆把自己的夢想實踐，雖然他從小父母離異卻仍有愛他的祖母和其他家人。我想著我的夢想是不是考上一流大學才算能讓母親安心，也代表能給母親一個交代，代表我雖然沒有父親、她雖然工作忙碌，但也沒有讓唯一的孩子變壞，甚至也算對得起陳家的列祖列宗了？

夜漸漸沈了下來，巴洛克風格的車站發著螢黃色的燈光，像是溫暖的地標，一些情侶在夜色掩護之下牽著手連身體都依偎在一起，靜靜享受這一刻，淡淡光線、些許人聲還有微微的風。

後來，林有了電動輪椅之後，開始留下來晚自習，約莫五六點時間，那個神似他祖母的婦人會替林送便當，婦人神情比祖母還要開朗，我可以想像在那個家庭長大下的孩子，難怪林也會那麼樂觀。婦人一樣交代林幾句後點頭和大家一一招呼，要大家好好讀書便退出教室，林一個人安靜的用餐，他把眼鏡放在桌子一旁，盡可能把身體前傾，以怪異且吃力的方式吃著飯，一口一口，看起來對我們而言最簡單的事，在林的身上都像需要花很多力氣去完成。約莫快二十分鐘，林才小心翼翼蓋上飯盒，取出課本後安靜的看書。

我很少和同學聊天，林看見我都會固定和我招呼，我也會對他笑笑，卻從來沒有辦法擠出更多的話語，一天晚自習的時間林開口說著：「陳正偉。」

「啊？」第一次被林這樣連名帶姓的叫，我有點不知所措。

「那個……」他猶豫說著：「聽說學生宿舍前的櫻花步道的櫻花都開了，你方便和我一起去嗎？」

我蓋上書，反正也看得差不多了，點頭笑著，林很快倒車然後朝我方向駛來，他動作靈敏的控制連接身上的這台機械。

「怎麼會想要留下來讀書？」我問。

「上次學測級考考了四十九分，算一算沒有辦法上國立大學的中文系，只能上逢甲中文系，如果要上我們這邊中央中文系最少要五十六級分，清華中文要六十一級分……」

「有一點高呢！」我說。

「嗯！回到家我只想要看課外書還有寫小說，我想待在學校晚自習和大家一起讀書效果可能會比較好，看看能不能衝一下。」

我們循著小徑往學生宿舍方向走，和林聊過才知道離家去其他地方讀書的話，家裡的人會擔心，他的身體狀況可能也沒辦法允許，雖然他一直覺得自己可以，但林也知道有些事情不行就是不行。好比進到沒有無障礙空間的環境，如果沒有善心人士幫助他，他怎麼也無法朝目的地移動。更慘的是，如果電動輪椅失速翻倒，更不用講下場會有多糟糕了。他像說一件關於別人的趣事笑著談自己的經驗，我卻不知道該用怎樣的表情配合。

林繼續說著：「以前我們這所高中也有一個肌肉萎縮症的學長，我在新聞中看到最近他考上了律師高考執照，我知道只要我不放棄一定可以達成目標，我唯一的希望就是身體不要退化太快，讓我可以用自己的手多寫幾篇小說。」

我和林在櫻花木下看著夜裡的櫻花，櫻花樹看起來瘦弱卻仍奮力的將粉紅色的花蕊探出頭，路燈探射下來，林就像在聚光燈底下，風輕輕的吹，幾片心形花瓣不斷飄落，林對我說：「表演特技給你看。」

他將電動輪椅加速往前，似乎乘著風就要往很遠的地方去，我看著他的背影，我知道，他的故事會帶給更多人感動還有堅持夢想的勇氣，有一天，林會成為很厲害很厲害的小說家，會把他自己帶離這個輪椅的牢籠，所有的人都可以藉著他的故事乘著風到遙遠的國度。就在林緊急煞車，快速原地畫了個大圓圈，我感覺林正化成一道風，朝我方向駛來，那道旋風定會在我心裡徘徊好久好久，讓我有更多勇氣去面對未來所有的挑戰。

咧嘴

阿和屏息著，拿起針線縫起填充玩具的肚子，他像隻安靜的蠶一樣不斷的吐出絲，一點一滴的要將整支玩具捆住一樣。

小叔叔在家族中消失了好一陣子，經歷了十幾年才又出現。小叔叔的存在就像廖添丁，充滿傳奇性，家族中總是竊竊私語著關於小叔叔的總總。有時流氓無賴、有時俠義救人，在他們的嘴裡不斷交織編纂著小叔叔的故事。小叔叔就像是個被葬入墓底中的人物一樣，以年輕時的姿態被埋入眾人的記憶裡。大抵上就是小叔叔以青年才子之姿在商場上無往不利，以各種手段賺了一大筆錢，老家的翻新也是靠小叔叔一手贊助起來。而在一場投資失利之後，敗光了家產，於是將整個家族遺棄在那裡，自己帶著妻子和出生幾個月的孩子消失了。

那幾年來，村莊中常見幾個穿得光鮮體面但行色詭異的黑衣男子，來回穿梭在鄉里之間詢問著叔叔的去向，換來的是清瘦老人們嘴裡咕噥一番後，仍得不到所需的訊息而訕訕的離去。

那些老者的回答大抵上都是：「阿弟！這個孩子很孝順！但是這幾年過年過節也沒看他回來過，不知道出了什麼事情？」

再後來，聽說債務一點一滴的還清，小叔叔也隨著債務逐漸的消失而出現，只是再出現時青春不再。現在小叔叔又回來了，父親說要去拜訪小叔叔，對於從未見過面的小叔叔心裡有種特別的期待。跟在父親後頭，低頭進了小叔叔的家門口，門前種了一大叢的九重葛，密密麻麻的花朵從最底下一直延伸到上頭，像燒了起來一樣紅的花，整個家門口就這樣被九重葛霸佔，像是一座陰森森的庭院。才剛踏進門口聽見一聲低吼，那像是嘴裡含著水咕嚕咕嚕的聲音在喉嚨滾動，原本趴伏在門邊的一條狗突然站了起來，那沈悶的聲音逐漸加重，一直到了小叔叔從家門探出頭來，斥喊了一聲：「來福。」

那狗仍皺著鼻，不甘心似的低下頭，可以聽見牠從鼻孔中發出悶哼聲，那氣息噴在土上揚起了一陣小小的灰。

走近叔叔家看見他略顯發福的身軀，戴著一個口罩，眼角的紋路像是水裡游動而尾鰭飄然一般的往上揚著，叔叔笑著摸著我的頭，對著父親說著：「阿兄！你後生喔！都那麼大了。」

「小寶！叫阿叔。」父親說。

「阿叔好。」

「好！好！好！」叔叔一說話，他臉上的口罩便隨著氣息噴出而一鼓一鼓的，口罩像是裡頭安裝個小心臟一樣的鼓跳著，叔叔後方冒出一位個頭比我還小的身影。那小男孩靜靜的不說話，只瞟了我一眼便要走到外頭，又被叔叔一把拉回來。

「你看看，你看看，這小孩多沒禮貌。等會讓人家以為沒老母教，只有老爸所以教不好，不像阿兄你家的小寶有禮貌。」叔叔邊說邊用力扯了那小男孩的手臂，他像是被隱形絲線操縱的玩偶抖了一下，然後又站直身子。

「叫阿伯。」叔叔說。

「……」

那男孩的聲音像被布蒙住一樣讓人聽不清楚，呼嚕呼嚕的連雜成一片，只見叔叔又用力拉那男孩的手臂，似乎要將他整個身子提起來似的。父親大概怕叔叔再用力一點，男孩的手就會斷掉，急忙地說著：「阿弟！阿兄有聽到啦！不要為難孩子啦！」

叔叔斜瞪了那男孩一眼，便用力推了那小男孩一把：「阿和帶小寶去房間裡玩去。」

那個叫阿和的小男孩往漆黑門內走去，他的手從黑色洞口中探出，像是求救般慘白的一隻手，召喚著我過去。父親見我猶豫不前，輕輕推了推我的肩膀，把我送到那個黑暗的入口。

房間地下擺滿了各式各樣不成形的玩具，全都被支解成一地，或是又被重新組合成一個畸形怪樣的外星怪物，一些絨毛玩具的肚子穿腸破肚的流了一地的棉花絮。厚重的窗簾擋住了陽光，那些光線全都在窗簾的另一端游移著，只有當風吹起簾子時會有一些光纖粒子隨風緩緩飄落下來，那漸漸沈澱的灰塵穩穩地著床在地板上，或許就是灰塵的墓穴。

「你幾歲？」他問。

「十七。」我說。

「比我大六歲，我十一。」他在黑暗的房間裡像隻熟悉地形的耗子一樣，不斷穿梭拿著各樣的玩具零件。

「要不要一起玩？」他問。

我沒搖頭也沒點頭。

父親的聲音從門外光亮的世界傳來，隱隱約約的聽到父親問著：「身體還好吧！」叔叔的聲音有點含糊，像是阿和一樣，老是令人聽不太清楚。也和國中時班上那個「大舌頭」一樣，說起一句話來沒幾個字是人家聽得懂的，所以大家總是模仿著他說話的樣子。越模仿他話就越說不出來，只有一次當同學圍著他笑著說：「你媽媽是撿垃圾的！你媽媽是撿垃圾的！」

他才從嘴中吐出厚大的舌頭像隻蜥蜴一樣，含糊不清地說著：「裡貓貓柴處撿……撿……」一口氣接不上來，用力的喘氣後才把後面如斷棄的蜥蜴尾巴似地掙扎說完：「貓貓……（才）……是……撿垃圾的。」

其中一個同學像是抓到他什麼把柄似的，大聲跟大家宣布著：「你們有沒有聽到？他自己說：『媽媽是撿垃圾的。』哈哈哈！」

大家彷彿把掉落在一旁那個「才」字，當成被棄置在路邊的尾巴一樣，沒人理會。儘管他竭盡所能地痛苦扭曲著大喊，希望吸引大家的注意，但是那條尾巴實在太過渺小。於是另一個同學接話著：「哈哈！他是說：『貓貓是撿垃圾的。』說自己媽媽是貓貓，所以他是貓仔，是畜牲，他自己承認了！畜牲畜牲畜牲！」

同學像是一群咧嘴張爪的貓一樣，圍著一隻斷了尾巴的蜥蜴團團轉著，而他只能吐著厚大的舌頭，「ㄚㄜㄟ」的發出含糊不清的字詞極力辯駁著。

某一天放學回家時，我跟在那位同學的後頭，前頭一個婦人戴著斗笠，手套著長袖遮陽套子，臉上摀著一張怕被太陽曬傷、拿來遮陽的碎花布。她的手朝這邊揮來，「大舌頭」則低下頭，她口裡的聲音在碎花布裡撞成一團，跌跌撞撞的溢出著：「阿興啊！阿興啊！」

他的頭更低，然後像竄逃的蜥蜴，逃入一大團的人群中，那婦人把頭抬高張望著，接著背部被頂上的太陽光線給壓得更低。低下頭，手裡繼續挑撿著可回收的鋁箔裝、鐵鋁罐或紙類。

我在後頭看著這一幕。

大舌頭的影像與門外叔叔說話的神情疊成一個身影，叔叔說著：「還好啦！舌頭割掉一半了！還有一半可以用！說話不輪轉倒是真的。」

我小聲地問著：「你阿爸怎麼了？」

「……」

「什麼？」我把耳朵湊近他的嘴。

「醫生說他得了口腔癌。」阿和說著話，嘴裡的腥臊氣息傳了過來。

「有什麼特別的症狀嗎？為什麼舌頭被割掉一半？」我問。

「我也不太知道，之前我阿爸說他嘴不能吃辣，一吃到辣就像幾百隻螞蟻在他嘴裡鑽一樣，後來我阿母叫阿爸給醫生看，不要再抽菸、喝酒、吃檳榔和出去應酬。結果阿爸就打我阿母，我阿母就跑出去，跑了一次兩次三次，不知道第幾次之後就沒有再回來過了。再後來阿爸要開刀那時候，阿母帶我過去她那邊住一陣子，阿爸開刀之後，阿母帶我去看我阿爸，他整個嘴巴都腫起來不能說話，躺在病床上……」

他突然跑到一個小箱子旁邊翻著裡頭的東西邊說著：「等會我帶你出去放鞭炮，這個威力很大喔！」

「你是幾歲數的人了？還那麼不會照顧自己，你自己看看！」父親的聲音像鞭炮，一聲一句從門外炸了進來。

叔叔也還丟了一串鞭炮話語劈哩啪啦響著：「阿兄！麥個貢啊！代誌都已經發生啊！我已經認命啊！只是阿和他媽媽現在說啥籠袂離婚，聽人講……」叔叔壓低音量，鞭炮炸到尾聲已經無力的只能在地上喘息著。

「你放心啦！做阿兄啊會替你作主啦！你別想那麼多，你的病也不是說一定不會好！不要想太多，聽說現在都是用生機飲食，試看看，試看看。有試就有機會啦！」

阿和拉著我的手，把鞭炮藏在玩偶被掏空的肚子裡頭，往光亮的客廳走去，他低聲說著：「阿爸！我帶哥哥出去走走！」

「好！」父親先開口，叔叔也沒意見的點頭，我和阿和才走到門口，叔叔突然跳起，一個箭步提著阿和的領子拉回到客廳裡。

「拿來。」叔叔說。

阿和把手上的玩偶乖乖交出去，叔叔一翻手就把玩偶內一肚子的鞭炮都倒了出來。

「你這個孩子是安怎？教不會是不是？叫你不通玩這！你還玩！」叔叔反手就要拿起桌子底下的木棍往阿和身上敲，父親抓住叔叔手腕把木棍卸了下來。

「是安怎啦？孩子那麼小，玩一個鞭炮你就要打死他嗎？」

父親示意大家坐下，對著叔叔說著：「你以前也很調皮啊！」

喝了一口桌上的茶後緩緩說著：「你叔叔啊小時候也很調皮，每次都會經過一棵樹旁，樹前面有條河，不知道從什麼時候來了一條狗。你叔叔對那隻狗很好，每天都要留一點東西給那隻狗吃，結果有一次大家慫恿你叔叔，『你每次餵那隻狗吃什麼，牠就吃什麼，那下次試試看這個！』那個朋友手裡拿出的就是這個……」父親手指著阿和手裡的鞭炮。

「他們在鞭炮外面裹上一點點的飯粒，沾了一些肉油，放學回家經過那裡時，那條狗一樣跟在你叔叔後面搖著尾巴，那隻狗會一直跟到你叔叔過河為止。大家你一言我一句的要你叔叔把鞭炮點著餵給那隻狗吃，你叔叔不肯又被大家數落，加上一堆人威脅說著以後不跟他一起玩。你叔叔先用幾塊餅乾要那隻狗張大嘴，他丟了進去，那狗低頭啃著嚼著。等吃完又抬起頭等著其他食物，接著你叔叔就一點火把鞭炮燃了，等到火星燒到快尾端便吆喝著那條狗。那狗嘴巴張得極大，那火星在半空中悶悶地嗤嗤哼著，落進狗嘴裡的一瞬間，砰的一聲響，那狗飛跳起來，落地後，睜大眼睛直愣愣地看著我們，然後邊哀嚎邊飛快的跑去河邊低頭飲水。」

「再後來呢？」我問著的同時卻瞥見叔叔眼眶中似乎滲著一些淚水，積在眼角裡。

阿和嘴裡咕噥著，我在腦海裡重新組合他說過的話語大概是：「這故事我早就聽過了！」然後見他拔腿一跑，又被那黑色的洞穴給吸入。

叔叔搖著頭嘆氣著：「這孩子……」

「阿兄麥貢啊！」叔叔企圖把話題結束。

父親卻繼續剛剛沒說完的故事：「結果你叔叔啊！回到家以後大哭一場，不管你阿媽，阮阿母安怎問他，他都不說，以後連放學都不敢再走過那條馬路。後來聽人家說那隻狗嘴巴整個爛掉了，只能在河邊喝水；有人說那隻狗像在照鏡子一樣，把頭偏過來偏過去，有時張著嘴、有時闔著嘴；也有人說他最後看到那隻狗的時候，爛掉的地方好像有白白的東西在動，他走近一點點看，看到一條條的蛆在那爛掉的地方蠕動著，那隻狗邊走那些蛆就好像要掉下來一樣。」

「造孽啊！造孽啊！」一大把年紀的叔叔紅著眼眶說，便示意要我進到房間裡頭去玩。

我停了一下腳步看了父親一眼，父親的眼神又把我再度送到那闃黑的房內。阿和屏息著，拿起針線縫起填充玩具的肚子，他像隻安靜的蠶一樣不斷的吐出絲，一點一滴的要將整隻玩具綑住一樣。

他把縫好的玩偶遞給我說著：「我阿爸那個口罩底下的嘴就像這隻玩偶一樣……」他示意要我站在一旁，他躺到床上繼續說著：「我阿爸下巴的顏色不一樣，聽我阿母說是割阿爸大腿的肉下來貼到臉上，然後再縫起來。我阿爸那時躺在病床上不能說半句話，他喉嚨裡插著管子，右手拿著毛巾裡頭包著冰塊，阿爸冰敷著臉，阿母跟他講沒幾句話，他的眼淚就滴下來，阿母問他怎麼嚕？我阿爸拿著紙筆寫著『很痛』，阿母又在裡面哭哭啼啼說著：『那當時叫你去看醫生，叫你不要抽菸、喝酒、吃檳榔，你不聽，你自己看看……』阿母話還沒說完，阿爸手上的紙筆直直的、使勁的就丟在阿母的胸前，阿母跑了出去留下我。我看到阿爸繼續哭著，不知道是因為真的很痛，還是因為阿母跑出去而他追不上的原因？」

我沒答話，我看阿和躺在床上像個老人一樣的回憶著往事，過多的家庭問題已經催使逼迫他要提早成熟，而且熟透了，所以就有點爛掉，那些腐朽味道不斷自他體內冒出。他嘟嘴抱怨著：「鞭炮明明很好玩的！」

叔叔壓低聲音說著，只能聽到斷斷續續的幾個字：「這個孩子……調皮……真是……咳……好的不學……沒母……一樣……造孽……」

父親聽了叔叔的話只有重重的嘆了口氣，說著：「阿弟！好好照顧自己的身體，有需要隨時來找阿兄不要客氣，我會勸弟媳婦回來的。」父親撇過頭大聲地叫著：「小寶！準備回家了。」

阿和在旁邊自己一人像是喃喃自語地說著：「我剛有跟你說過，我阿母好像跟人家跑了的事嗎？」

我邊搖頭邊趕緊走出那個陽光全進不來的房間，看見小堂弟窩在地上玩著殘破不全的玩偶嘴裡直直念著，而他張大嘴的樣子像隻咧嘴的狼犬一樣，只是他盲目的用語言攻訐、爪子撕裂著玩偶。「白痴智障神經病打死你……」那些話語像是一團蜜蜂一樣在我後頭跟著，嗡嗡成一簇。

跟叔叔道別後，院子裡那隻狗低頭斜睨著我和父親，直到牠喝水的時候我才注意到牠有點不太一樣，牠的嘴角兩旁像長了一線紅肉芽一樣，更像被人用線一針一針的縫了起來。那狗低頭嘟著嘴喝盆中的水，模樣不像狗，比較像一隻在蟻穴中探求食物的食蟻獸一樣，那狗不理會我們的目光，繼續喝著水。

外頭的陽光煌煌，曬得我和父親睜不太開眼，我猶豫了會才開口：「那個……」在不知該不該接下去說的同時，父親寬大的手摸著我的頭，彷彿看透我的心思說著：「那狗是阿和聽到你叔叔他小時候的故事，有樣學樣硬把那隻狗的嘴掰開，丟下鞭炮……」

回程的路上我和父親都不再說話，我想著那條狗的肉芽像是一道粉紅的微笑，靜靜的掛在臉上，而叔叔的微笑卻隱藏在口罩之下，永遠也笑不開了。

阿才收鬼

打開包著富仔的布一看，嚇得我差點把他丟在地上，親像一隻魚仔，啊沒手只有兩隻腳親像尾鰭在那邊動啊動，嘴巴一開一闔哭著，我還以為是妖怪，人面魚身。

謠言總是噹噹像風鈴響著透遍整個村落，有人說那間屋子裡有鬼，阿才人大得像廟口的天公爐那麼粗勇，他說：「我八字重，鬼神看見我都要讓，更何況那隻老鼠鬼。」

村人都知道阿才口中的老鼠鬼是誰，是原本住在那間屋子裡的富仔，富仔說起來也可憐，自小漢出生就沒兩隻手，聽說是無子嗣的來義伯一日在清晨聽到一個嬰仔的哭聲，來義伯想：是誰三更半夜帶著孩子在外頭散步，又不好好照顧孩子讓他哭得嚇死人。打開窗戶探頭，外面明明沒人影怎麼孩子哭聲那麼響亮，來義伯想起古時阿嬤對他千叮嚀萬交代，千萬無通半暝聽在有人在喊就開門，那個時間會來的都是壞東西，要請祂明日早上再來；要是聽到熟悉的人聲，也無通突然就開門讓對方進來，要隔著門仔細詢問，不然一開門一條命就會被孤魂野鬼勾勾去。來義伯把這段故事講給村裡的人聽，彼當時我上國中，聽得真趣味。

「後來咧？後來咧？」馬上有人追問著來義伯：「嬰仔的哭聲那麼大聲，不是陌生人也不是熟人，是開阿是不開。」

來義伯點一支菸邊吸邊吐煙，把往事都吐了出來：「我心裡就一直念阿彌陀佛阿彌陀佛，千萬不要遇到什麼垃圾東西還是要來搶劫啊！想想耶一沒做虧心事二無家產，放大膽，門一開就看著富仔在那邊。我看到地上一個孩子趕緊抱起來，以免受到露水風寒，打開包著富仔的布一看，嚇得我差點把他丟在地上，親像一隻魚仔，啊沒手只有兩隻腳親像尾鰭在那邊動啊動，嘴巴一開一闔哭著，我還以為是妖怪，人面魚身。也不知道是誰丟了這個孩子在這裡……」

來義伯時常帶著富仔出來，一個大男人也不知道該怎麼照顧孩子，只好請鄉下的奶娘幫忙餵奶，富仔沒兩隻手，但是奶娘在餵他時，他會用兩隻腳夾著夾著。來義伯繼續講古，富仔才六七歲，坐在來義伯旁邊用腳夾起瓜子來送進嘴裡嗑著，把瓜仁咬著就用另隻腳盛在盤內，旁邊看熱鬧的人是感覺不衛生，來義伯是吃得很歡喜。

來義伯在世時最愛帶他家的富仔出來，看他整天笑咪咪，當初每個人都和來義伯說這個孩子難養，送去孤兒院比較好，來義伯說：「這是上天派來送我的呢！當初我一個後生也沒，如今天公伯仔送我半套，按怎也忍心把他送給別人？我再怎麼辛苦也要把他養大。」

來義伯做羅漢腳很久，也是有人說媒，來義伯為了延續香火，誰來提親都說好，我看就算媒婆自己要和來義伯配成對，他一定也不會反對還會喜孜孜。問題就是來義伯沒什麼祖產，剩下的就是那間破厝，老厝在鄉下也不值錢，最後來義伯還是光棍一個。三不五時就看著他們兩個祖孫，雖然來義伯一直說富仔是他兒子，但是年紀算算，還是做他孫子可能比較實在。富仔那兩隻腳就像裝了彈簧，咚咚咚跳著，一刻也不停，繞著來義伯轉，來義伯就哈哈笑。大家都說來義伯好福氣，真正得到一個天公仔子。

來義伯每天把富仔送到學校去讀書，就一個人去撿別人不要的東西，也撿些廚餘回去養豬養雞，這樣的生活也過得去。阿才那時和富仔同歲，都在同間學校讀書，聽說每天都在欺負富仔，不是拿東西趁他不注意丟他頭，不然就是趁富仔要坐下時趁機把椅子拉走，讓富仔摔跤。富仔有一日總算忍受不住對阿才說：「不要欺人太甚。」

「你是人嗎？」

來義伯每每說到這段故事就很生氣：「好好的人在學校不讀書在那邊惹事端，以前我們要讀書哪有那麼容易，每天要走幾小時山路才走得到，運不好的人早早就做工，現在的孩子啊！」

來義伯總是帶著富仔來到廟門前說故事，也不知道故事是真是假，但是每天有新劇情，大家也樂於來這裡聽來義伯講古，雖然有些只是閒話家常。

「我家富仔也真爭氣對他喊著，我沒兩隻手也比你一隻豬好。」來義伯邊說邊滿意的摸摸富仔的頭，富仔害羞笑著。富仔很怕生什麼事情都是低頭笑笑，也沒看到他和人吵架打架，看著我們拿鞭炮炸青蛙也都嚇得躲到一旁念阿彌陀佛，邀他玩樂他也只是說要回去幫忙又害羞跑走。

「結果那隻豬仔兒就一個拳頭揮了過來把富仔打倒在地上，他把富仔壓在地上打他，還沒有人來拉開，那隻豬仔兒就哀嚎一聲……」

剩下的不用來義伯說我們也知道，只要看阿才的耳朵少了一小塊就知道那是富仔的傑作，而且聽說富仔一起身就又踢了阿才胸前一腳，那一腳聽說還烙印在阿才的身上擦都擦不掉。那一腳的代價也很大，阿才家裡的人帶著眾親戚來理論，來義伯說要賠醫藥費，結果一看到藥單價錢就先去了半條命，又看到富仔被那些人出手打，他的半條命又去了半條，結果醫藥費還沒賠完這件事情過五年，來義伯就往生。出殯那天只有少少幾個人去幫忙，其他人用手拿鏟子挖土，富仔整個人站在鏟子上像孫悟空騰雲駕霧，腳趾夾著鏟子一蹦一蹬鏟起土來往洞穴裡倒，讓來義伯入土為安。

那天開始，富仔就真正一個人生活了。

富仔的生活也很簡單，跟來義伯差不多，每天養雞養豬，雞仔豬仔養大了就去市場請人來估價來牽，但是他的死對頭阿才這幾年也沒讓他好過，阿才越吃越大叢，已經親像天公爐那麼大，每天在地方惹事生非。他對富仔不順眼但是也沒對他動手，村里那邊那麼多眼睛都在看，他只是威脅其他人不能分那些廚餘菜渣給富仔，也禁止別人收購富仔的豬雞。

富仔後來被人發現死在祖厝裡，整個人窩成一團，聽說不是餓死就是病死的。

這幾年我去到哪裡工作都會和別人說起這段故事，這個故事還有後段就是阿才進去鬼屋去收鬼探險的片段，那日我說完前面片段才剛要進入高潮，我女朋友春華就驚得皮皮剉，整個人窩在我胸前，後來就沒繼續說下去，正事要緊。

過了兩年這個故事我還記得很清楚卻沒機會說，一日陪著大肚子的春華回去她娘家探望岳母，她就住在隔我們村再過去幾個村的地方，說近不近、說遠也不遠，開車也要二十分鐘。三人隨便開講，我又說到這個故事，岳母越聽臉色越難看，害我不知該繼續還是該停下，講到阿才要進去鬼屋打鬼那段，岳母站起身又去沖了一壺茶回來，奇怪的是，以前春華聽到這段就嚇到躲在我懷裡，怎麼現在悠閒喝水啃瓜子，一副天塌下來也不怕模樣，看來那夜是被她設計去了。

我嘆口氣，岳母也同時間嘆氣。

「再來咧？」岳母大人問，我也不敢怠慢，故事繼續下去。

話說有人半暝經過那間房子會看見富仔走來走去，阿才的死黨阿猴說得整個人要縮起來：「那天我和義仔他們喝完酒，半暝仔路也沒半個人，路燈也是遠遠才一盞，喝太久膀胱沒力就要找地方放尿，好死不死走到那間鬼屋前，暗暝朦。我看四周也沒人就掏出來要放尿，放到一半，我咧幹你娘一個人影站在那間屋子前面看，我沒看還好一看就是那個富仔。他似笑非笑，一隻腳親像手一樣對我招著，可能要我去陰曹地府陪他，我嚇得剩下的都放在褲底了，連懶鳥有收進去沒都沒注意。」

第二個說看到鬼的人也是阿才的好朋友龍啊，龍啊看起來猥瑣，他說話幾分真假，本來沒什麼人會相信，但是前面阿猴已經說他看到富仔的鬼魂，所以大家就聽聽龍啊怎麼說。

「我那天黃昏走過富仔他們家，聽到一個聲音叫著『龍啊！龍啊！』那個聲音很奇怪，我站在路上東張西望也沒看到半個人，然後聲音漸漸變得大聲叫著『龍啊！龍啊！』我想說誰在那邊裝神弄鬼要嚇我，我龍啊也不是好惹的，我走到富仔門口，看到差一點心臟吐出來。富仔整個人趴在地上，嘴巴喊著『龍啊！龍啊！』幹！我和富仔也沒冤仇還這樣嚇我，我看是壞鬼。」

那時我們都在想富仔做得很好，要嚇當然也是要嚇他們，說沒冤仇只是表面，私底下一直破壞富仔做買賣，還有偷偷把他田裡作物破壞掉的還會有誰？當然是他們三個。

「要是我做鬼也不會饒他們。」我說。

「你講的那個富仔兩隻手都沒有，你們知道他父母是誰嗎？」岳母問著。

「就是沒人知啊，反正撿到孩子的是來義伯，說起來來義伯也是做善事，這種孩子誰家要養啊？要是我我也不要。」

春華瞪我一眼說著：「不要隨便造口業。」

「沒啦！水某，我是說來義伯心地善良啦，把富仔教到聰明乖巧，但是也是天注定啦！富仔就真的命不好，二十來歲就過世！」

「接下來呢？」岳母又添一杯茶遞了過來。

整個村子都說有鬼有鬼，鬼在哪？就在村子尾靠水溝那條電火柱邊的房子，那間有鬼，聽說富仔死後陰魂不散，就在那裡徘徊不去。村內的春姨也說有一日她看到厝內怎麼亮著，想說不對啊那間沒人住。走近一看，看到一粒火球飛在半空；水木叔也說他有看到，一日透晚，他捧著田裡摘下來的番薯要回去，行過那間厝聽到富仔在說我腹肚很餓，「幹你娘，我一聽番薯撿都不撿全送給他了。」

本來一個說看到鬼，後來兩個再來四個，最後幾乎全村的人都看得到富仔，大家人心不安不知道如何是好，彼當時阿才在廟口前和人相輸說要去收鬼。

「收鬼？你不要看你那麼大叢呢！到時候是你被鬼收去。」水木叔笑著。

阿才拍拍胸脯說著：「我八字重，鬼神看見我都要讓，更何況那隻老鼠鬼。」

「阿才不好啦！天地鬼神都要尊敬啦！不淌亂說話。」春姨出來找台階給阿才下。

「水木叔、春姨，不然這樣啦！我去收鬼，鬼要是被我收了，那富仔他那塊地就由我來處理，這樣總算沒話說了吧！」

鄉村里民大家不管誰經過那裡就人心惶惶，大家點頭，阿才那一晚就要去收鬼，他手拿隔壁村王道士借來的桃花劍，腰間一個葫蘆裝童子尿和雞血，大搖大擺走進去。那天好死不死起大風，將路邊的樹都吹得東倒西歪，整個村內都有怪聲響起，大家還在外頭勸著阿才不要進去，氣象看起來不好，但是天氣預報又沒有說天氣有變化，可能有髒東西。

阿才不管大家勸阻大搖大擺走進去，外頭風透，裡面看阿才對房子四周比劃比劃，接著阿才踏著七星步，看起來有模有樣，看起來王道士真的有教阿才兩招，他東刺一劍西灑童子尿和雞血，弄了半個時辰氣喘吁吁說：「好啊！收起來啊！」

「剛剛到底是怎樣？」春姨緊張問著。

「我一進去就看到富仔在那，我跟他說叫他放下，趕快去投胎超生，結果你知道他回答我什麼？」

水木叔追問：「富仔是對你說什麼？」

「他說他不甘心自己一個人死在這，要拖全村的人一起下去。」

大家開始七嘴八舌，水木叔不知是自言自語還是對其他人說：「不對啊，富仔這個孩子在世時也很乖，我們也沒虧待過他，無冤無仇怎麼會這樣？」

「你不知啦！」春姨接著說：「人在世有人性，要是變成鬼當然也會沾染鬼性，久了就變壞鬼啊！」

「是啊是啊！不然富仔沒代誌一天到晚出來嚇我們。」龍啊也幫腔。

「好險我阿才大仔將壞鬼收收起來。」阿猴也說。

雖然富仔壞鬼被阿才收起來，但是那間房子也被村裡的人當成是鬼屋，沒人敢靠近，最後就依當初的約定讓阿才去管理。阿才人大叢膽也大，隔日就住進去，人是看起來好好，但是兩個月後阿才越來越奇怪，越來越奇怪……

「是奇怪啥啦！不快講，在那邊吊人胃口喔！」春華聽得一雙眼睛都快要凸出來，連岳母也緊張得一直擦汗，我慢慢拿起茶杯先聞一下茶香再喝一口，腦袋裡回想當初的情景，繼續說著。

阿才這個人本來不事生產，整個人就是靠著蠻力做人保鑣不然就是做圍事賺錢，住進去後一開始也是每天出去巡市場店鋪收規費，再來就是去貓仔間還有賭間去巡。但是後來阿才去市場買雞仔豬仔就在庭院裡養，又在後面種些菜，明明有手，但是神態越來越像富仔，開門用腳、餵豬雞用腳，連自己吃飯的筷子都是用腳。

水木叔、春姨和其他村內的人議論紛紛不知如何是好，連阿猴、龍啊都知道大事不妙，眾人在廟埕前緊張討論著。水木叔有所感說著：「就說不要說大話，你看你看真的像我說的，說要收鬼結果被鬼收走了吧！」

「真的是被富仔附身嗎？」春姨不安問著。

「你這個查某人你是沒眼睛看嗎？這個村內是誰會用腳寫字吃飯種菜養豬的啦？」水木叔和春姨開始鬥嘴鼓。

春姨不甘示弱著說：「就是有你們這些查埔人，好好工作不去做偏要招惹那些有的沒的，招鬼上身了吧！」

大家七嘴八舌問著阿猴和龍啊其他事情，他們兩個才坦承這一切都是阿才那個不成材的人想出來的方法，就是為了要侵佔富仔他家的家產，所以指使他們兩個放出風聲說看到鬼。但是這隻鬼，不理他還好，眾人一說，越來越傳神，春姨看到水木叔看到，其他人也陸續看到，沒看到的要湊熱鬧也湊一個故事說彼當時如何如何，說得富仔在每個人心裡又活了起來。

「所以啊，鬼不可怕人心才可怕，再來啊，這種鬼怪之事不要亂說，說多了就變真了。」我下了一個結論。

岳母搖頭說著：「這個富仔也可憐，生他的父母不要他，好不容易有人要收容他，最後又落得這下場。」

「媽，你認識富仔喔？」我和春華同時問。

「水某，我們默契怎麼那麼好？」

「不要這樣，不正經。」

「我不知道那個嬰孩是不是富仔？但是因為我以前工作的醫院和你住的地方也近，現在想起來好像應該是這麼一回事。」

這會換岳母講古。

「好久以前我工作的醫院裡來了一個婦人，送入病房裡羊水都破了大家趕緊幫她接生，忙了好久婦人生出一個沒有雙手的嬰孩，婦人接過手好像嚇了一跳，隨後說她累了想睡一下，我們就把嬰孩放到育嬰室裡。那天晚上聽護士說有男人闖進育嬰室裡抱走一個嬰孩，大家緊張得不知如何是好趕快查看，才發現原來少的是那個沒有雙手的，值班的護士著急得要死，跑去要通知那個婦人誰知人也不見，最後報警。」

「後來咧？」春華憂心問著。

「後來警察的筆錄就寫婦人抱著嬰兒跑走沒有付醫藥費結案，但是依我看那個嬰孩應該是……」

「媽你的意思是來義伯沒有後生，所以去醫院偷抱別人的孩子？」

「也是有這個可能啦！」

「這怎麼有可能啦？」我繼續說：「要抱也要抱一個好腳好手的。」

這次換岳母慢條斯理嗑瓜子喝茶說：「孩子出生以後就要用毛巾包著，每個看起來都一個樣，誰知道來義伯那麼『幸運』？」

「這樣富仔他親生老母呢？」春華問。

「可能看見富仔沒雙手所以連夜跑掉拋棄他了。」

「但是也有可能是那個婦人抱著富仔走。」我問，怎樣都想不到原來半套的天公仔子不是上天自己送下來的，而是來義伯去偷抱回來的。

「是也有那個可能啦！只是看見有人闖進育嬰室的護士說背影看起來就是一個男的，反正那麼久以前的代誌啊，如今也是無頭公案。」

「也是啦！」我說。

「你的那個故事後來咧？」

村內的人看情形不對去請王道士來，王道士一來一坐下阿才就跪下，阿才一句話也沒說但是王道士卻是一直點頭。最後王道士咳一聲嘆一口氣，阿才起身道謝直直跑，其他人就跟在後頭看到底會發生什麼。阿才跑到墓園，最後聽到阿才迸出一句話：「阿爸，孩兒不肖！」

阿才用力把頭磕下去，墓碑前的地上就一個血印，那個墓碑不是別人的就是來義伯的。阿才整個人暈了過去，醒來後這幾週發生的事情都忘記了，後來額頭腫起來聽說到現在都還沒消下去，所以地方都說「阿才阿才，耳朵被裁，胸前腳在，額頭很穩」。

「這就是叫人壞事無通做啦！」岳母聽著這句地方俗俚笑咪咪。

「水某，你媽叫阮壞事無通做呢！」我摸著春華大肚偷笑。

「不正經鬼。」

有海

回家，總是相同風景，一個胖男孩站在門口，見你回來先揮揮手笑，再跟著車子後頭跑。你也很想把車子繼續開，開得老遠。

畢業後的教師甄試，你比同期的同學有著好運氣，一路由北往南考，偏偏跳過你故鄉南投及中部，最後你落腳在屏東佳冬，鄉下景致和你家鄉沒有什麼兩樣，可是空氣中飄浮散落著漁塭以及海潮味。學校同事告訴你，穿過學校對面鄉鎮一直走，穿過誰家巷口越過哪條祕徑，再往前就是一片沙灘，那裡有海，任教三年下來卻沒有時間去。週末到已接到母親電話，這是每週固定事例，電話裡母親交代你回家時間，你只能點頭應允，沒有商量空間，總是如此，一而再。

你駛著父親給你的二手車，車上留著你許多糾雜回憶，一路上往事如魂將你糾纏，你好想只坐在後座好好休息玩樂看透世上風景，卻被逼迫似的坐上駕駛座一路往北行駛返回南投。回家，總是相同風景，一個胖男孩站在門口，見你回來先揮揮手笑，再跟著車子後頭跑。你也很想把車子繼續開，開得老遠，卻在庭埕不得不停住，你開車門胖男孩朝你笑著，對門內喊：「妹妹回來了，妹妹回來了。」

你是回來了，卻希望不要回來，你和母親抱怨過好幾次，為什麼別人有假日可以遊山玩水你卻只能綁在這裡，你也擔心自己這一輩子就這麼毀了。母親冷峻的臉彷彿回到小時，只要你和哥哥吵架，挨打的一定是你，母親冷霜不容許你過多辯解，你只得承受所有，彷彿哥哥因為笨就拿到免責權一樣。你也想笨一點，笨笨笨，你總是這樣罵自己。

笨笨笨，你母親也常這樣罵你，哥哥做錯沒關係，因為哥哥需要人家幫忙，你做錯可不行，所有過程要求完美，照顧哥哥成了你的責任。你小小年紀就成了名義上的妹妹實際上的姊姊，你帶著哥哥出門，像是拖油瓶，卻又不能放手，否則回家一定討打。你好想只做個妹妹，有人疼、有人帶、可以自由自在、不用擔心東擔心西，最後卻成了一個小母親，哥哥那個不行、哥哥那個不要、不可以不對不是不不不不，你似乎很少說哥哥好棒。但在學校你面對那些重度障礙的學生，你卻從來不吝嗇鼓勵，小企鵝好乖小村最棒了玲玲答對了君君老師最愛你了，這些話你不是都朗朗上口嗎？

站在門口，你看著髮鬢開始冒白的哥哥，他的童年始終沒有消失，你卻厭惡為了他，每週固定的往返。母親總是不斷叮嚀你，這是你哥哥，彷彿怕你忘了，總要一次又一次的告誡你，要你不可忘不能忘。其實你很想忘，想把一切都忘掉，像是夢境一場，醒來後沒有哥哥角色，從此，你可以生出翅膀往更多地方去。

你記得小時候，母親辭掉教職把家裡改成幼稚園，從此，你的母親成了專職的教師，臉上始終有著一層薄薄的霜，和你說話寒氣逼人，說一是一說二是二，你從來沒有辯駁的機會。母親為了給哥哥更好的照顧，怕他在外頭受傷害，總是細心保護他，你看母親教哥哥吃飯教哥哥上廁所教哥哥寫字教哥哥唱歌，母親臉上總是帶著笑，你希望母親也能這樣對你笑。但母親只會在你人生各階段中不斷提醒你：「這是你哥，以後爸媽不在就是你的責任，你要好好照顧他。」

你打從心底就不想好好照顧他，你曾經想著有一天，等你長大父母不在，你一定馬上把他送到教養院。一年夏天的國中階段，你的月經伴隨青春暴躁而來，對任何人事物都不順眼，你想逃家逃得遠遠，最後卻換來一頓打，你想流浪天涯學做美髮趕快離家，卻又被逼得回書桌前低頭苦讀，因為母親就坐在你身後。一天，父親帶你們出門到日月潭，你和哥哥坐在後座，你開窗戶，風將你頭髮吹得飄散，你聞著窗外青草林木味道，看陽光打落湖面如鏡反射光線，順著湖，父親停車在有巨大水泥蝴蝶雕像前，裡頭有個孔雀園。母親交給你和哥哥一人一小塊麵包，你們坐在外頭等待，陽光有點大，母親穿著洋裝看起來好美，你很少看母親打扮模樣，你和哥哥坐在母親左右，母親幫哥哥調整帽子又拿了水給你喝，你喝了好大好大一口，直到嗆著才停。母親拿手帕幫你擦擦，臉上的汗順著臉頰滴，你還以為是自己眼淚，隔了好久好久，你才又覺得母親也愛你，只是常常把你忘記。

等了好一陣子，園區內有人拿飼料來，一大群穿著藍寶華麗旗袍似的孔雀湊來搶食，「咕咕咕咕，孔雀耶！」哥哥邊說話邊將麵包遞給孔雀，你看著哥哥開心模樣，把手上那塊麵包也給他，你不知道該愛他還是該恨他，甚至每晚夜裡，他都成了你未來的夢魘，直想把他活活掐死，這些母親都不知道，哥哥也不會知道，只有你自己了解。到了大學你選了特教系，也非你所願，只是母親執意要你選這科系，以後才懂得怎麼照顧哥哥。

「照顧哥哥？」這句話你從小就聽到膩，難道你照顧得還不夠嗎？只差哥哥不需要你替他把屎把尿，你只是一個小女孩，怎麼沒有人想到要怎麼照顧你？你也想玩樂、也想戀愛、更想還原一個快快樂樂的童年，怎麼都沒有人想到？在一次團體諮商與輔導課程中，當老師說到很多身心障礙家庭的其他正常子女會承擔很多壓力時，你的眼淚汩汩流下，大學同學沒人知道你有個智能障礙的哥哥，老師似乎觸發了你內心某個點，那個沒有出口的點，似乎你的生命就注定要走入長長的甬道，沒有盡頭的通路。你只能被困在這座迷宮，彷若一牆監獄，你要服照顧哥哥一輩子的刑。

每週回到家也沒什麼事好做，陪著父親母親說話，還有讓哥哥看看你，你和哥哥越來越像母子，你們從兄妹變成姊弟，如今更像母子或師生，再來可能就是祖孫了？你認真和母親討論過哥哥狀況，看看要不要送哥哥到市區的私立啟智教養院，母親卻像瘋了一樣對你喊著：「我叫你讀書是讓你讀到背上去嗎？你會建議你學生家長把學生送到教養院？我跟你說，等我死了這個家裡你作主了，你再自己決定，他是你哥哥，你竟然……」

你沒回嘴，再多說，錯的還是你。你只是希望母親多年的負擔能稍微減輕，送去教養院只是去學學東西，讓母親也有喘息空間，就像上學，假日還是把哥哥帶回來，週一到週五母親則能好好輕鬆一點。

你躲回房間，許多話你還是沒辦法說，只能用眼淚說給枕頭聽，過一會你聽到門外沈重腳步聲，你不陌生，那是哥哥，他敲敲門你擦乾眼淚對他笑，他卻敏感問：「妹妹你怎麼哭了？」

你的哥哥就像你的學生，極重度智能障礙的他們，心智年齡就停滯在那裡了，沒有辦法接收更困難的情緒、更難解的語言，這個世界對他們來說既複雜又單純。複雜的是一堆符號都不是他們所能輕易理解的，單純的是他們只要活在自己的世界裡就好。你的哥哥把你當成他童年還未長大的妹妹般，輕輕撫著你的背，好像回到小時候他曾說過：「我要永遠保護妹妹！」你窩在他的懷裡，希望這個抱著你的彼得潘趕快長大。不過想想，活在夢幻島上的彼得潘可以是英雄，但是現實生活中的他呢？轉念之間，你還是希望哥哥擁有笑容就好。

每週的屏東南投往返你都已經習慣，就像習慣家中有個需要人照顧的哥哥一樣，你不輕易喊累也不再多抱怨。一次學校的校外淨灘活動，你帶著那群孩子跟著普通班的孩子一起去傳說中那條越過小鎮穿過巷弄就能到的沙灘，不到十五分鐘的路程，你的學生已經有點力不從心，你一邊交代他們喝水一邊鼓勵他們。

「再努力一下！再努力一下！」你對著他們也彷彿對著自己說。

真的穿過誰家院子就清晰的聽到海浪聲，海潮的氣味也撲鼻而至，學生們興奮的喊著：「老師海耶海耶！」

你也開心，原來你們離海那麼近。

淨灘活動，學生彎著腰在沙灘上撿拾大小垃圾，沒人喊苦，活動結束，你們帶回滿滿兩袋垃圾，你的學生混在普通班孩子之間，陽光大大灑落他們之間，笑容沒什麼兩樣。

你突然想到，這次放假回去的時候，應該可以讓哥哥坐副駕駛座，父親母親坐在後座，你要一路告訴哥哥沿途風景，讓父親母親可以安心坐在後座享受風和自由，從南投出發一路往南，你想帶一家人到這片沙灘，靜靜的，再次溫習一家人的出遊時光。

不熄燈的房

爸房內的電燈和電視被關掉，我想著爸可能會抱怨著誰關掉這些，我打開電燈、電視，假裝爸只是出門買菜，我靜靜地等著。

※

時間還早，翻起身決定去研究室把資料準備好，提早出門，五月的夏季早晨尚清爽，學校鳳凰木盛開紅色花朵，隨風緩緩飄落，經過鳳凰花鋪成的紅地毯，前方就是院所。漆黑的研究室內有著空氣幫浦的聲音，靜靜的在暗處裡，像是在消化著什麼，咕嚕咕嚕的響。

沒開燈，默默走到研究室角落的大魚缸，看著幾隻水母上下漂動，牠們是種神奇生物，剛出生時是從卵孵化，之後便像礦、植物一樣附著在岩石上。當然，研究室的水族缸裡，牠們穩固吸附在玻璃上。

開始，牠們像一只小小精緻的碗立挺著，接著開成一朵又一朵在水裡的花，緊密的觸手將自己裹住，最後，那些花瓣飄落，脫離依附的物體漂動起來，就是成熟的水母。魚缸裡的水母像壓縮的彈簧，壓下又彈起，隨著一次次的彈躍而移動。

水母的進食方式十分有趣，會用觸手擊暈或抓取浮游生物來進食，學妹做的研究就是關於水母的進食，而我研究水母對漁業的影響。不過水母再怎麼有趣，對我們這群窩在研究室的人來說，牠們不過就是研究樣本。

由於研究室處在科館最角落，陽光被隔壁的大樓給遮蔽，窗戶外見不到陽光的流動，連天氣變化都難察覺，所以開燈成了重要的事，不開燈，這裡就是夜城。

一次院所停電，一群人離開研究室一探究竟，穿著白色研究袍的人像一縷縷鬼魂飄散在建築內，如漂蕩在黑藍色海底的水母，大家默默地移動，感覺十分詭異。電一來，大家又恢復成白老鼠模樣，躲竄回原本的空間與研究奮戰。

五月底接近畢業時節，論文早發表，剩下修改、印製、完稿……等後續，一早來研究室成了習慣，九點十點之後才陸陸續續有其他人進來，這段空檔就成了我專心修改論文的時間。窗外的風吹進，隱隱聞到盛夏橘子陽光般的氣味。

晚上，家裡的店門關著，一進門，媽在暗處坐著，像一只巨大人偶，通往廚房的鐵門微微透出光線，我稍微瞄了一下，爸不在裡頭。

「媽，怎麼了？今天沒開店喔。」我走近媽的身旁才發覺她抽泣著。

「你爸最近口腔內的傷口越來越嚴重，長一粒一粒的東西，吃東西會痛，很久之前我就跟你爸說要帶他去看醫生，他都說不要，怕是長癌。今天他痛得受不了，早起我才開門要做生意，叫我帶他去病院，醫生初步診斷說可能是長口腔癌。」

癌!?

小時候對爸的印象就是菸酒檳榔不離身，雖然近年戒掉檳榔但菸酒一樣沒克制，就算幾年前爸覺得口腔刺痛，仍不以為意，期間家人勸他看醫生，不過他從沒有聽進也不打算去。

大概怕，也大概是逃避。

「爸呢？」

「在樓上。」

「媽，你先去休息啦！我先去看爸。」

把阻隔理髮店和廚房的鐵門推開，爸房間裡電視的聲音像滾落的球，砰砰砰砰一顆顆落了下來，我上到二樓，爸躺在床上表情依舊沒什麼變化，是我熟悉的模樣。

「阿和，你回來啦！肚子會餓嗎？晚上想吃什麼？」

「爸，免啦！我聽媽說你今日去醫院，醫生怎麼說？」

爸的眼神回到電視，直到廣告後才回答：「醫生說還要再去看檢驗的結果，還不確定啦！你媽就是這樣大驚小怪。」

我不敢多問，和爸默契的安靜下來看螢光幕上的主持人繼續嬉笑怒罵著。

※

晚上媽一直哭著說自己不好，那一句句話語落在我的心口，鴕鳥心態逃避的結果就是被困在砂堆中，動也動不了，只能靜待命運的宰割。

隔天媽沒有做生意，難得一家人準時坐在餐桌前，晚餐異常的安靜，誰也沒有多開口，爸一如往常邊抽菸邊吃飯。

媽受不了先開口：「吃飯，不是吃菸，吃菸會飽嗎？」

爸沒有回應，把手上那根菸給熄掉，筷子也沒繼續動。

餐桌上媽似乎提前感知爸的死亡，垂頭紅著眼，低聲壓抑啜泣著，爸抽出一根菸拿著打火機往後院裡走去，廚房只剩下媽和我，媽忍不住放聲大哭。

一家人這樣的晚餐到底還能有幾次？

先安慰著媽要她上樓休息，我走到後院，爸手中的菸成了夜空星子的一部分，一亮一滅那麼讓人抓摸不住，感覺一抓緊就滅，一放鬆就跑到老遠的夜空。最後，在爸幾口白煙吐出後，那根菸被扔到一旁菸灰缸中，成了菸屍中的一根。

「阿和，來一下！」

「啊？」

我隨爸走到他那間二十四小時不關電視也不關燈的日不落帝國，和媽分床後他一人的王國，爸走到櫃子裡翻找，拿出一包牛皮紙袋交給我說著：「家裡的房契，你先替爸保管，爸現在年紀大記憶不好，怕以後找不著，放你那邊比較安心。」

我沒看袋子裡的東西半眼，接過手後把它又收進櫃子。

「爸，東西放在這裡不會不見，你在家我們很安心，你無通四界走，我們會煩惱找不到你，東西放這就好了。」

我知道爸已經開始進行一場死亡演練，首先要有一名主角，爸覺得自己是當然人選；接著要有悲傷的人，媽和我是不可或缺的角色。爸可能會想著自己母親、兄弟姊妹、朋友，會不會傷心？角色設定好要開始安排劇情，有個人死去，有些人要傷心。接著呢？爸的想像力可能止於此，因為腦海裡浮現那些人悲傷的臉孔，會讓他不忍再多想下去。

如果他不想離開這世界，而又不得不……

這是一個多麼殘忍的演練過程。

所以他要藉由一些過程，把可以拋棄掉的拋棄、把可以繼承的讓人繼承。因為怕他死去之後收拾遺物的人，會因為一隻舊襪子、一件老襯衫而想起一個完整的故事而哭泣；他把房契交給我，因為他沒有什麼多餘的可以給，而我在承接房契之後，說不定爸就覺得事情完成了，這一場死亡演練可以完美的結束。

那麼，就可以進行一場真正的死亡。

※

隔了一週媽陪爸去看檢驗報告，醫生確定是第四期的口腔癌，能做的就是先切除癌細胞再進行化療。要不要手術？要不要化療？我們都知道一旦開始就無法回頭，沒有重新選擇的機會。

爸表達要手術的想法。

蟬聲唧唧，六月，正式進入夏季，爸動了第一次手術，整個臉腫大成原本的兩倍，沒法進食得靠機器。爸手術時間我們一家人共同在病院生活將近快兩個月，一直到爸的復原狀況不錯，且可以慢慢進食流質和固體食物之後，醫生總算決定讓爸回家，接下來就是兩週一次的觀察。

回到家時媽的第一件事就是開始幫忙理客人的頭髮，而爸第一件事情就是先打開冰箱看看有什麼菜？接著問：「你們晚餐要吃什麼？」

爸回到二樓房間，接著聽到電視機打開的聲音，一會後爸才走下來。

「爸，你才剛出院要不要先去休息？」我擔心地問著。

因為手術的原因，爸說起話來特別小聲和慢，怕一用力就會痛。

「在病院一天到晚都躺著，還休息不夠嗎？以後要是過世了要躺多久就躺多久。」

「爸，你不要說這些啦！醫生都說沒有事情了，你不要亂想。」

沒人告訴爸實情，爸問醫生還有我們他的狀況，我們回答著相同的答案，要爸多休息，手術之後就會好起來。

「能這樣最好，好啦！晚上來煮皇帝豆湯，再來炒一碟地瓜葉、糖醋排骨、豌豆蝦仁……等會再去看看晚市有沒有新鮮一點的魚，再來個鹹蛋苦瓜和蒸魚好了。」

「會不會太多啊？爸！」

「大家好久沒在家裡好好吃一頓了，再多個炒三絲好了。」

「爸不要再說下去了，越說越多，這樣我們會連續好幾天都吃剩菜。」

「不會啦！」

我陪爸走到旁邊的市場去挑菜，回到家裡，媽在幫客人按摩，爸看了一眼關起鐵門時力道重了許多。第一次我和爸兩人在廚房裡共同準備晚餐，我聽爸這個總舖師的話，切、煮、加鹽巴、倒醬油等，爸則一人分飾多角，在這兩個月沒下廚的時間內仍有很好的手感，料理一道接一道的上桌。

而我的工作就是幫爸嚐嚐口味、判別和之前的味道有沒有差異。

「喔依西呢！」我表情誇大的豎起大拇指。

爸挑了挑眉毛，自信微笑著。

一桌的菜已完成，兩人也就定位，只剩下媽的位置空著。

「阿和你去看一下你媽做好了沒？叫她先來吃。」

我打開鐵門客人才剛走，不過還坐著兩個客人等著。

我小聲地說：「媽先來吃飯啦！」

「你們先吃啦！」

「媽。」我有點催促著。

「好啦！你們先吃啦我這個做完就進去了。」

餐桌上空著一張位置多著一付碗筷，爸抽著菸而我安靜地用著這一頓晚餐。

※

接下來的生活還是一樣，進入秋季，我等待兵單、爸持續的抽菸。

我可以試著理解菸是爸的好朋友，陪伴著他多年成為一個癮，一個不可或缺、必然存在的物品；也可以用另一個角度來解讀，爸是廚房內的藝術家，一個藝術家不需要煩惱他的生活該怎麼過下去，因為受困於生活，就難繼續發揮他的內在想像，而幾乎所有的藝術家都要有根菸來幫助他們釐清思緒，所以菸又成了他們靈感的催化劑；另外，爸可能幼年時他的父母親要忙於龐大的企業，所以照顧他和弟弟們就成了奶媽的責任，從小雖然物質上一直不虞匱乏但是精神上卻渴望著一個可以掌控的物品，菸是最容易掌控的，可以點燃可以熄滅可以吸可以吐。

最後我覺得菸就是爸說話的方式，他把要說的話變成煙吐出來，他把要說的話變成煙吸進去，他全用一根菸來表達所有的情緒。

如果把菸去掉呢？爸還有自身存在的感覺嗎？

一天，爸又重提了一次他保險金的事。

「阿和，我保險金下來了，我把它存在簿子裡面，錢要給你讀博士用的，阿嬤從以前就希望家族中有人可以讀到博士，你都讀完碩士了，要加油，讓阿嬤開心也讓爸光榮，知道嗎？」

「爸，那些錢你留著帶媽出去二度蜜月、三度蜜月啦！不要……」

爸揮手打斷了我的話，又拿出另一份紙本出來，翻開說著：「爸已經跟葬儀社訂了生前契約，爸死以後你們不用煩惱怎麼處理，只要打電話給他們。這張名片，你有看到嗎？打電話跟這個王經理說，他們就會派人來了。」

「爸，你不要再講了，我不想聽這些啦！你講這做什麼？你不知道你這樣講大家都很傷心嗎？」

「阿和，你聽爸講，爸現在還能動，能夠處理的就先處理，以後不能行動了，你就要替爸處理，你是爸唯一的兒子，爸要是過世了你就是一家之主了，你要有肩頭來承擔家裡的事情……」

爸眼淚像止不住的水龍頭，汩汩地流著：「都要靠你了。」

我趕緊站起身來抽桌上的面紙遞給爸，爸擦了擦眼淚深吸了一口氣繼續說著：「這裡面的費用包括喪葬費還有靈骨塔的費用，爸也聯絡好代書了，名片我都放一起。這厝是你阿嬤留給我的，你要好好守下去。還有爸要是過世，保險裡面還有一條理賠要記得打電話給保險公司的林小姐。」

那天，爸一一交代我事情，我不再逃避，爸已經正視自己的死亡，那麼，我又怎麼能逃避呢？

我把爸交給我的東西帶回到我房間的抽屜裡放著，我知道有一天我要承擔起一切。

爸一直很討厭麻煩到別人，連面對死亡，都怕麻煩到至親的人，所以一手包辦完成。雖然他不工作、沒賺錢，在別人眼中是靠老婆養的人，在我心中他是個好爸爸，而且是個怕麻煩別人的爸爸。

※

一天，媽帶爸複檢回來，小聲告訴我醫生說持續追蹤檢查的結果爸口腔中的癌細胞隨著淋巴腺擴散，現在已經擴散到舌頭還有下顎的位置。醫生跟媽提醒，如果照癌細胞這樣擴散下去，可能最多只能再活一年。

彷彿從醫生說出那句話開始之後，我們的生活就像沙漏一樣被倒置過來，誰都無力阻止沙的滑落，只能靜默看著這一切到來。

由於癌細胞擴散得太快所以必須趕快住院，先割除癌細胞增生的前半部的舌頭還有下顎，再兼做化療控制癌細胞的擴散，醫生說割除掉舌頭前半之後還是能夠說話，下顎的部分會用人工骨頭再從大腿上割除一塊肉下來貼在那個部位，媽說完這些，等聽爸的意見。

「不要動手術好了，上次動手術也沒效果，多痛的而已，反正早晚都要死⋯⋯」

爸邊說邊點起一根菸，媽把菸搶過捻熄，生氣地說：「早晚要死，你怎不要現在就去跳樓跳跳吼死，還要等到痛死？還要抽菸讓身體更差你才甘願，一家大小不是你自己一個人在痛苦而已，全家人……全家人誰不是搥心肝，誰願意看你痛苦，你要想到我們啊！」

媽摀著臉，眼淚從指縫不斷不斷不斷不斷滲了出來。

滲穿了每個人的心。

其實媽和我都知道爸就算做化療拖延病情的惡化，也拖不過一年半載，我自己也沒信心要爸手術，不過看到媽那麼堅定，我才知道原來媽愛爸愛到那麼深，就算多一天，只要能多一天見到爸的臉，她也安心。

「我考慮看看。」爸說完站起身往二樓走，每步都逐漸逼入轉角樓梯的黑暗中。

「媽，爸的病……」我欲言又止，「你也知道的……動手術頂多……」

媽一下子嚎啕大哭起來，「我就是不願啦！我就是不願啦！」

「好啦！我去苦勸爸！」

其實家裡有誰願意讓另一個人離開或遠行。

爸的一生都在家裡度過，在廚房、在二樓、在後院，總在這幾個地方打轉，每當回到家裡，爸的身影無時無刻都在，讓我感覺有家的氣味，有爸的存在，家裡才像一個家。

我循著爸的腳步到二樓房間，爸盯著螢幕，我默默陪爸看了幾分鐘電視才開口。

「爸為了我們，去做化療好不好？」

爸沒有吭聲，繼續看著眼前電視發出的光影，節目裡主持人的聲音交錯在這個空間，彷彿我和爸遁入節目裡成了後頭的來賓，看著眼前我們這一家的故事正在上演。

「爸，我知道做手術很痛，我們也很不捨得看你那麼痛……」

「你不要說了，我說過我會考慮。」爸背過身躺著。

「爸，你先好好休息，我回樓上了。」

回到房間內我躺在漆黑的床上，想到小時理髮店內請了很多小姐，家裡許多人來來去去，隱隱中我聽到有人在說爸的壞話，諸如你家男人不工作還要靠你養喔？我生氣的走到客人那邊用力的喊著：「你不要說我爸壞話！」

接著我將拳頭握緊，用力搥著媽的大腿說著：「你不要和別人說爸的壞話！」拳頭落下，媽痛得跌落在地上，一群人要把我拉開，我仍使勁哭叫著，直到鐵門被打開，爸走了出來，一雙大手自我脅下把我抱起來，抱到廚房讓我安穩坐在椅子上。

爸從頭到尾沒說話，安靜打開冰箱拿出雞蛋、火腿，開始熱鍋接著把火腿煎熟再利用殘有火腿香味的油去炒荷包蛋，裝盤後拿出番茄醬淋在上頭，放在我的面前。

「快吃！有什麼好哭的！」

爸說那句話時神情落寞，我想爸不是不想工作，只是做生意連連失敗，從小在家沒吃過苦也沒在外工作過，所有的人對於他的失敗只理所當然的責難，卻沒有人帶領他一步步的朝向所謂的正常父親模式發展。

他害怕他退卻，於是他只能緊守住他最後的地盤，就是他的家。

有什麼好哭的？爸向來都習慣把淚往自己的肚裡吞。

有什麼好哭的？我對自己說。

「叩叩」，爸敲完門走了進來，「那麼暗也不開燈！」

他打開我房裡的燈看見我趴伏在床上，我擦乾眼淚。

「你怎麼了？身體無爽快嗎？」

「沒啦！」

「若不是身體無爽快有什麼好哭的？過兩禮拜我再去病院動手術吧！」

「爸！失禮！」

「失禮什麼？」

「因為我們要你去動手術。」

「都走到這款的田地啊！再壞也是那樣而已，對了！晚餐要吃什麼？」

「我吃不太下去。」

「人再怎樣也是要吃飯才有氣力，有沒有什麼想吃的！」

「上次爸你煮那個油條配蚵仔，勾芡那個很好吃。」

「油條鮮蚵啦，還有呢？」

「豆酥鱈魚好了！剩下的你問媽要吃什麼！」

「好啦！你繼續休息，晚一點煮好了再叫你。」

望著爸漸瘦的背影緩緩離開，我想著如果爸的意志消沈，那麼就要用吃這件事情來讓他打起精神。就算不是他自己吃，但只要為家裡的人煮一頓飯，他就會絞盡腦汁的料理好一桌好菜，讓爸專注在這件事情上，至少爸不會胡思亂想也不會輕易放棄。

※

兩個禮拜後，爸進到醫院準備進行第二次手術，我們一家人的生活又從家中像候鳥一樣遷徙到這白色小島上，醫院像座孤寂的小島，而爸更像是被困在病床上這個小小島而逃不開的雛鳥一般。

隨著時間的前進，我看著爸的臉起了變化，像是觀看歷史圖表中各時代猿人的進化示意圖一樣。爸臉上的變化極速，手術過後爸的臉成了上下兩種顏色，上頭的膚色是原本的樣貌，下頭的膚色是因裝上人工下顎，外頭又貼覆大腿割下來的皮。至此，爸的人生分為兩個部分，一個是原生的上半部，一個是後天的下半部。

手術剛做完，爸完全無法說話，傷口太多太大，連嘴巴也閉不起來，口水不斷分泌流出，必須用機器來吸取，口乾舌燥時也只能用棉花棒沾水稍微碰碰嘴唇。爸的勇敢形象不斷一點一滴的在瓦解，常常莫名或是痛得流下眼淚，任誰看了都會為之鼻酸。

這一次的手術之後，醫生說爸的口腔已經完全失去味覺了，只能感覺冷熱無法辨別味道。要等傷口都癒合後才能開始進食，不過一樣只能喝些流質的物品或是吃些好入口的東西。

過了幾天爸臉上逐漸消腫，也稍微可以闔上嘴巴，不過只要稍微動到就會讓爸痛很久。我在看書時會小心地觀察爸的動作，他會小心翼翼的拿起鏡子稍微看一下自己的傷口以及不對稱的上下兩半臉然後默默放下。

秋末，兵單寄來家裡，爸還在醫院持續觀察並且做化療之中，醫生說再過兩個禮拜左右就能出院，不過要定期回來做化療和檢查。爸還沒出院我已經先入伍，夜晚大家進入睡夢時，我翻來覆去腦海不斷浮現出爸的臉。爸手術後的臉不斷像穿插進來的畫面一樣，把我記憶中的臉不斷覆蓋過去，爸的眼神依舊，只是臉的下半部凹陷且被替換成陌生的臉孔。手術過後的兩個月時間爸只能在病房內行動，生命的維持就是靠著營養食品從機器不斷輸入他喉嚨，然後進到他的胃部。爸原本肥胖看起來和美食相稱的體型不斷的縮小，彷彿時間倒轉，回到他年輕時的體型，整個人瘦了一大圈。那是我小時候的父親，多希望時間倒轉到當時，我能以絕對的口吻拒絕父親吃檳榔抽菸喝酒等會導致現在結果的事情，不過時間不會倒轉，而我也只能被釘在另一張軍綠色的床上，等待著我的役期結束。

三週後新訓結束我回到家、爸精神看起來比較好但多了一張口罩，緊緊把自己臉的下半部隱藏在口罩之下，只露出一雙我們熟悉的眼睛。

「爸，你感冒喔？怎麼戴口罩？」

「沒戴口罩怕驚到別人！」

「爸，你怎麼這麼說，不會啦！」

「連我自己看到都會驚！還是戴著比較好！」

爸很堅持，我也沒說什麼。

「想要吃什麼？爸來煮。」

「爸，我在營區早就想好了，一回來一定要吃滷豬腳、鹹蛋苦瓜還有你拿手的鹹魚滷肉。」

「我先準備一下，你先去休息。」

換個衣服再下樓，媽已經和爸安靜的坐在餐桌前，爸點著菸沒抽只是放在一旁，聞聞菸的味道過過乾癮。

「你是要把菸當成蚊香熏蚊子喔？吃飯啊！」媽抱怨著。

爸靜靜的把菸捻熄。

桌上的菜盤已經快溢出餐桌了。

「爸，會不會煮太多了？」我問著。

「你們多吃點。」爸離開餐桌先到小櫃子取出茶葉，將茶葉倒進保溫杯接著用熱水沖過，幾分鐘後再加入一些冰塊降溫，然後慢慢地喝著。

「爸，你怎麼不吃一點？」我問。

「我不餓啦！你們吃就好。」

爸拿下遮住臉的口罩，喝著綠茶看著我們吃飯的模樣，突然想到什麼的走到冰箱拿出一小盒的豆花，打開包裝之後爸不是用湯匙，而是像嬰兒吸吮著母奶囫圇吞著。

我眼眶泛紅卻大口的扒著飯，努力的吃著飯桌上的食物，大聲說著：「我在營區每天想到的就是趕快回來吃爸煮的飯菜，今天菜很豐盛，我一定要吃飽一點。」

爸眼睛微微瞇著像在笑，聲音隔著口罩鼓鼓的冒了出來，「菜的味道可能有變，我試鹹淡都試不出來啦！」

「有嗎？沒變啊！」我邊塞一口菜後邊說著：「爸，你煮吃的煮幾十年了，一樣好吃啦！」

我大口地吃著，媽似乎看穿我的想法，也跟著勤奮地夾著飯桌上的菜色，我們知道這樣的戲碼也演不了多久了，至少，在落幕之前我們要演好讓爸開心，因為，廚房是他愉悅我們的地方，這裡就是他的王國。

吃完飯後我幫忙爸一起在廚房裡收拾。

「阿和，當兵有慣勢否？」

「有啦！每天做的都差不多，出操練習這樣，當作是在練身體就好。」

「能這樣想是最好的。」

「爸你咧？傷口還會痛嗎？」

「傷口很痛，痛到每天都想要死死啊較輕鬆。」

「爸你無通講這有的某的，大家會煩惱。醫生不是有開止痛藥給你嗎？」

「醫生開的那種嗎啡剛開始吃還有效現在越來越無效，醫生的量又不肯多開一點。」

爸點起菸，不抽，只是看著菸絲緩緩的將時間燒盡。

回到營區的隔兩天，下午接近傍晚時分，廣播有我的電話，接到電話是媽不斷哭泣的聲音。

「媽，按怎？」

「阿和，你趕快回家你趕緊回家啦！」

「媽是什麼事情？怎麼了？」

「你爸死了啦！」

爸死了。

我的腦筋陷入空白。

爸前天不是還好好的。

怎麼。

今天就死了。

「媽，你是在講啥？爸是按怎啦？」我著急著問。

「你爸燒炭自殺死了啦！你趕快回來啦！」媽哭喊著。

我掛上電話到人事那邊請喪假，出了營區招了輛計程車，飛奔到醫院，媽見到我回來，跟我說：「我們回家吧！我剛打電話給你爸生前聯絡好的那家葬儀社，你叔叔他們已經先到家裡幫忙了，現在還幫你爸留一口氣要回家裡。」

民間習俗是死了也要象徵性的掛上氧氣罩代表還活著，等到氧氣罩回到家拿下時才是代表真正的死了。

「你爸說要死在家裡，我們回去吧。」媽說。

※

回到家裡時阿嬤和叔叔已經來了，葬儀社的速度之快也令人瞠目結舌，一瞬間家裡做生意的理髮用具全被移開布置成靈堂，家裡像是排演過上百遍的舞台，爸靜靜的躺在店面一隅的以磚頭墊高、上頭鋪層布的木板床上。媽、我和阿嬤及其他親戚們已火速趕到站在兩旁。葬儀社的人詢問一些細節，雖然那些細節爸在活著時就已經處理好，但葬儀社的人還是禮貌的詢問，法師已經在一旁就位，看好時辰便將爸的氧氣罩移開，宣讀似地念起爸往生的時間，並且寫在簿子上。

雖然一家人對於這一場戲已經在心中預演過上百次，不過一旦上場我們還是哭得嘩啦，法師誦著我們不懂的經，我們跪在爸的床前看著他，我仔細盯著爸瞧，似乎看到爸微微的吸氣吐氣，胸膛也淺淺地起伏著。

「爸真的過世了嗎？」爸就像平常睡著一樣，我輕拍爸的手說：「爸，煮晚飯了，今天我想吃蝦仁炒蛋、粉蒸肉還有薑汁肉片，該起床了。」

爸還是躺在床上無視我們的哭嚎。

做完第一天的法事，靈堂內錄音機裡佛經繼續不斷的播誦，我和媽、阿嬤以及親戚都在走廊的桌子前，看看時間已經八點多。

阿嬤先開口問著：「怎麼會突然這樣就走了？」

「今天我替客人剃頭到晚上，想說叫阿輝下來吃飯，一進房間他躺在床上，去叫他都沒回應，才發現斷氣了，趕緊叫救護車來。」

媽說了謊。

「這個孩子啊！」阿嬤的眼淚不斷的流。

我想著如果阿嬤知道真正的事實一定會更受不了的。

「媽，今天你也累了……」媽對阿嬤說著，接著轉身向一旁的小叔說著：「小叔你先帶媽回去休息啦，這裡有我們就好了。」

我看阿嬤的背影，那走路的樣子和爸有幾分相似，看著心裡又難過起來。

「媽，到底是怎麼回事？」我問。

「今天早上我開店做生意，你爸走下來跟我說他很累想睡晚一點，吩咐我不要叫他，中午要我自己處理午餐，我跟他說好。正午我在忙也沒特別注意，下午上樓拿會錢給阿惠時，發現你爸二樓房間的門關起來，我沒多想。一直到晚上看你爸一直沒下樓，我去敲門都沒回應，我一直叫一直叫，想說就算睡著也該醒了，想想不對，我就去拿榔頭把門把敲壞。我一進去整個房間都是燒炭味，你爸躺在床上，我不管怎麼喊他都沒有回應，我就去叫救護車、通知你。」

我調整自己不斷起伏的心跳，站起來走走，上到二樓，濃厚的木炭味飄了出來，我到爸的房間看著被敲壞的門把和空盪盪的床。

爸房內的電燈和電視被關掉，我想著爸可能會抱怨誰關掉這些，我打開電燈、電視，假裝爸只是出門買菜，我靜靜地等著。

媽進來爸的房間，躺在我身旁無力的問著：「你說你爸自殺是不是因為媽不好？」

「媽，你不要亂想了！」

「都是我叫你爸去做手術所以害他……」

「不是這樣啦！」

「不然為什麼你爸……」

「媽，沒人知道為什麼，事情都已經發生了，現在說什麼都沒有用了，爸可能只是不想再麻煩大家了，你無通亂想。」

「我有嫌過他麻煩嗎？我有嫌過嗎？」媽披頭散髮，邊掉淚邊奮力地兩手緊握著搥著床。

「媽，我知道你很累，要撐著點，這是爸自己的決定。」

我抱著媽感覺她全身發抖著。

隔天，家裡陸陸續續來了很多幫忙的親戚，這是一場喪禮卻又不像，大家說的都不是悲傷的話題，而是甜蜜和快樂的回憶，阿嬤說的都是爸小時黏著她還有孝順的片段、媽說的都是他們交往時還有孩子出生時的溫馨片段、我說的都是爸怎麼照顧一個家的慈愛片段。

爸房間的門我開著、電燈還是亮著，電視不會關，我心裡自私地想著如果爸不去西方極樂世界，至少還有家裡，還有他熟悉的地方可以流連。

之後辦頭七招魂法會，據說那天半夜兩點到五點之間睡，親人最容易託夢，早上法會我們準備爸喜歡的飯菜，連要爸戒掉的菸酒我都偷偷放了一點在供桌上。

我什麼都沒夢到，只有感到暖暖的，像小時印象中那雙自我脅下將我抱起的大手緊緊裹著我，我睡得很熟很甜，但眼淚卻不自覺的流。

媽說她夢到爸，夢到爸鎖住房門她去敲門沒人開，她怕爸想不開拿了榔頭就敲，發現爸不在房裡，廚房傳來聲響，爸在廚房裡看見媽對她笑著說：「晚上要吃什麼？我來煮。」

媽邊說邊哭，我邊聽邊掉淚，原來爸心裡還惦記著煮飯這件事。

告別式那天風特別大，還颳倒了好幾盆花架，我一直認為是爸回來了，不過貪喝了點，所以走起路來跌跌撞撞。

告別式中一一對祭拜者答禮，從此之後我就要承擔起這一家的責任了，我代替爸謝謝所有的人，告別式之後到火葬場，約莫一個半鐘頭內便完成儀式。拿著爸的骨灰罈撐傘坐上葬儀社準備好的車輛，沿路交代著爸過路、過橋，要跟好不要迷路，到了靈骨塔拜完地藏王和土地公後，正式把爸的骨灰罈放置好。

空著手回家，連心裡都空了。

回到家中，理髮店回復成原來的樣子，靈堂也拆了，回到熟悉的家卻沒有熟悉的氣氛，廚房裡沒有熟悉的身影。

我和媽坐在廚房裡。

安靜。

只有二樓的電視聲不斷流瀉下來，我們假裝爸不曾離去，依舊在二樓守護著我們、守護著這個家。

家裡有間房間，房間從來不熄燈、不關門，隨著切換的電視頻道便有不同的聲音像水一樣漫出來，房間裡的人呢？或許在或許不在。在時，可能專注看著螢幕、叼著菸或是側躺小盹；不在時，可能在後院、可能在廚房，也可能去了很遠的地方。存在的人可能已不存在於現實，不存在的人卻會永遠存在於記憶。

國家圖書館預行編目資料

不熄燈的房／徐嘉澤著. --初版. --臺北市:寶瓶文化, 2010. 10
面； 公分. --(island ; 132)
ISBN 978-986-6249-26-6 (平裝)

857. 63 99016073

island 132

不熄燈的房

作者／徐嘉澤

發行人／張寶琴
社長兼總編輯／朱亞君
主編／張純玲・簡伊玲
編輯／施怡年
美術主編／林慧雯
校對／張純玲・陳佩伶・余素維・徐嘉澤
企劃副理／蘇靜玲
業務經理／盧金城
財務主任／歐素琪 業務助理／林裕翔
出版者／寶瓶文化事業有限公司
地址／台北市110信義區基隆路一段180號8樓
電話／(02)27494988 傳真／(02)27495072
郵政劃撥／19446403 寶瓶文化事業有限公司
印刷廠／世和印製企業有限公司
總經銷／大和書報圖書股份有限公司 電話／(02)89902588
地址／台北縣五股工業區五工五路2號 傳真／(02)22997900
E-mail／aquarius@udngroup.com

法律顧問／理律法律事務所陳長文律師、蔣大中律師
如有破損或裝訂錯誤，請寄回本公司更換
著作完成日期／二〇一〇年七月
初版一刷日期／二〇一〇年十月
初版二刷日期／二〇一〇年十月一日
ISBN／978-986-6249-26-6
定價／二五〇元

AQUARIUS 寶瓶 文化事業

愛書人卡

感謝您熱心的為我們填寫，
對您的意見，我們會認真的加以參考，
希望寶瓶文化推出的每一本書，都能得到您的肯定與永遠的支持。

系列：Island132　**書名：不熄燈的房**

1. 姓名：＿＿＿＿＿＿＿＿　性別：□男　□女

2. 生日：＿＿＿年＿＿＿月＿＿＿日

3. 教育程度：□大學以上　□大學　□專科　□高中、高職　□高中職以下

4. 職業：＿＿＿＿＿＿＿＿

5. 聯絡地址：＿＿＿＿＿＿＿＿＿＿＿＿＿＿＿＿＿＿＿＿

   聯絡電話：＿＿＿＿＿＿＿＿　手機：＿＿＿＿＿＿＿＿

6. E-mail信箱：＿＿＿＿＿＿＿＿＿＿＿＿＿＿＿＿

   □同意　□不同意　免費獲得寶瓶文化叢書訊息

7. 購買日期：＿＿＿年＿＿＿月＿＿＿日

8. 您得知本書的管道：□報紙／雜誌　□電視／電台　□親友介紹　□逛書店　□網路

   □傳單／海報　□廣告　□其他

9. 您在哪裡買到本書：□書店，店名＿＿＿＿＿＿　□劃撥　□現場活動　□贈書

   □網路購書，網站名稱：＿＿＿＿＿＿＿　□其他＿＿＿＿＿＿

10. 對本書的建議：（請填代號　1. 滿意　2. 尚可　3. 再改進，請提供意見）

    內容：＿＿＿＿＿＿＿＿＿＿＿＿

    封面：＿＿＿＿＿＿＿＿＿＿＿＿

    編排：＿＿＿＿＿＿＿＿＿＿＿＿

    其他：＿＿＿＿＿＿＿＿＿＿＿＿

    綜合意見：＿＿＿＿＿＿＿＿＿＿＿＿＿＿＿＿＿＿＿＿＿＿＿＿

11. 希望我們未來出版哪一類的書籍：＿＿＿＿＿＿＿＿＿＿＿＿＿＿＿＿

讓文字與書寫的聲音大鳴大放

寶瓶文化事業有限公司

（請沿此虛線剪下）

寶瓶文化事業有限公司　收

110台北市信義區基隆路一段180號8樓

8F,180 KEELUNG RD.,SEC.1,

TAIPEI.(110)TAIWAN R.O.C.

（請沿虛線對折後寄回，謝謝）